Stephan C. Brug

DIE
BONANZA-ROCKER

NOEL-Verlag

Originalausgabe
Juli 2023

NOEL-Verlag GmbH
Achstraße 28
D-82386 Oberhausen/Obb.

www.noel-verlag.de
info@noel-verlag.de

Die Deutsche Bibliothek verzeichnet diese Publikation in der Deutschen Nationalbibliografie, Frankfurt; ebenso in der Bayerischen Staatsbibliothek in München.

Autor: Stephan C. Brug
Coveridee: Stephan C. Brug
Covergestaltung: NOEL-Verlag

1. Auflage
Printed in Germany
ISBN 978-3-96753-071-1

Inhaltsverzeichnis

005 – Streit um Asterix

012 – Batty Super

020 – Der fiese Doktor Schmiese

030 – Das Klassenspiel

038 – Sachkunde-Unterricht

042 – Die Landkarte

047 – Der Wanderzirkus

054 – Auf der Kirmes

058 – Fahrraddiebe

062 – Auf der Suche nach dem Batty Super

065 – Nur noch Schrott

068 – Jede Menge Fische

074 – Die Baustelle

081 – Baggerfahrt

086 – Der Kuno

091 – Der Schrecken der Nachbarschaft

102 – Die Abreibung

110 – Die Bude

116 – Fingerkloppe

122 – Die Bonanza-Rocker

125 – Der Henkelpott

127 – Flitzeralarm

135 – Strafarbeit

139 – Richtfest

143 – Das Abrisskommando

147 – Batman und Robin und der Bademeister

156 – Batman und Robin und der Gelbhelm

160 – Batman und Robin fangen Gustav

166 – Zwergengold

Vorwort

Mein Name ist Willi.

Ich erzähle euch jetzt, was ich letzten Sommer erlebt habe und wie meine Freunde Schnulle, Micki, Benno, Futzi, Paule und ich in der vierten Klasse waren und diese riesige Bude gebaut haben, die sogar in die Zeitung kam und wie wir zu dem Namen ‚Bonanza-Rocker‘ gekommen sind.

Wir hatten es echt nicht leicht, denn da waren einige Typen, die uns ganz schön geärgert haben und gegen die wir alleine keine Chance gehabt hätten.

Aber dann tauchte plötzlich der Kuno auf und alles hat sich schlagartig geändert.

Streit um Asterix

Ich fange am besten mit der Geschichte mit dem Asterix-Heft an. Das war an einem Montag.
Meine Freunde und ich waren alle in der Klasse 4b der Nikolaus-Schule in Wurbsel. Und das war komisch und fiel mir erst beim Schreiben auf, dass alle meine Freunde in meiner Klasse waren. Also, ich hatte gar keine älteren Freunde, oder jüngere schon gleich gar nicht.
Und so kam es, dass wir wirklich den ganzen Tag zusammen waren. Morgens in der Schule, nachmittags beim Fußballspielen und am Wochenende haben wir meistens auch irgendwas zusammen gemacht.
Wie gesagt, es war mir nie so bewusst, weil ich es nicht anders kannte.
Aber seitdem ich auf dem Gymnasium war und einige meiner Freunde aus der 4b nicht mehr mit mir zur Schule gingen, war mir das aufgefallen.

Ich konnte es immer kaum erwarten bis der Pausengong ertönte. Das war so ein langgezogenes ‚Ding Dong Dooong‘. Mein absolutes Lieblingsgeräusch in der Grundschule kann man sagen. Und beim Gong sprangen immer alle meine Mitschüler auf und stürmten Richtung Tür. Endlich große Pause! Wurde auch Zeit nach einer Doppelstunde Sachkundeunterricht.

„Als Hausaufgabe lest ihr bitte bis zur nächsten Stunde kommenden Montag das Kapitel über die Steinkohle. Ich werde euch abfragen, hört ihr?“, rief uns die junge Lehrerin, Frau Schneckmann, hinterher.

Ein paar Mädchen aus der Klasse hatten sich noch schnell eine Notiz in ihr Hausaufgabenheft gemacht, dann rannten auch sie nach draußen. Von den Jungs machte sich nur der schlaue Micki einen Einmerker in das Sachkundebuch an die Stelle, die vom Steinkohleabbau im Ruhrgebiet handelte. Dann flitzte auch er den anderen hinterher, aber nicht, ohne Frau Schneckmann ein ‚Tschüss, Frau Schneckmann!‘ zuzurufen, und ich hatte gesehen, dass sie sich darüber gefreut hat. Ich hatte mir nur ‚irgendwas mit Steinkohle‘ gemerkt.

Wir mussten immer ganz schnell auf den Schulhof rennen, damit einer von uns als Erster unten an der Turnhalle war und uns die ‚Rinne‘ sichern konnte. Da spielten wir nämlich immer in der Pause.

Entlang der Turnhalle verlief auf dem Asphalt eine etwa 40cm breite und 20 Meter lange, kerzengerade Regenrinne, die nur ganz leicht gewölbt war. Die Rinne endete am Absatz der Treppenstufen zur Turnhalle in ein kleines Rohr, das nur so groß war, dass genau ein Tennisball hineinpasste. Ein guter Fußballspieler konnte mit zwei Versuchen aus zwanzig Metern einen Tennisball in das Rohr schießen. Man musste dafür mit ziemlich viel Gefühl mit dem ersten Schuss möglichst gerade in der Rinne entlangschießen und nah an das Loch kommen und dann mit dem zweiten Versuch den Ball ins Loch schieben. Mit einem Schuss ging es auch, aber sehr selten.

‚Einlochen‘ nannten wir das Spiel und wir spielten das seit fast einem Jahr, nachdem wir die Rinne von einer vorherigen vierten Klasse übernommen hatten. Der

Tennisball ging nicht weit in das Rohr hinein, denn wir hatten da einen Plastikbecher reingestopft, der den Ball auffing, sodass man ihn immer leicht herausholen konnte.

Auf der Treppe holte ich Schnulle ein.

Schnulle war etwas gemütlich und hatte immer etwas zu essen in der Hand, und damit konnte er dann nicht so schnell laufen. Er hatte einen nagelneuen, weißen Tennisball mitgebracht, auf dem noch richtig viel Filz drauf war. Mit dem konnte man besonders gefühlvoll schießen.

Als Schnulle und ich die anderen erreichten, war aber schon Ärger im Anmarsch.

Futzi war nämlich zwei Wochen krank gewesen, Windpocken oder so. Heute war sein erster Tag in der Schule. Während Futzi krank gewesen war, hatten ihm die anderen jeden Tag die Hausaufgaben gebracht und was zu lesen. Hefte und Bücher von zu Hause, damit ihm nicht langweilig wurde. Und Schnulle, dessen Vater der Bäcker in Wurbsel war, hatte für ihn immer Rumkugeln dabei, worüber sich Futzi ganz besonders gefreut hatte. Futzi hatte heute nun die Hefte und Bücher, die er noch zurückgeben musste, mit in die Schule genommen und jetzt zankten er und Paule sich.

„Warum streitet ihr euch?", fragte ich.

„Paule behauptet, dass Futzi in Paules Asterix-Heft gereihert hat", antwortete Benno.

„Voll reingekotzt hat er. In der Mitte sind die Seiten total verklebt!", sagte Paule und er war richtig sauer.

Paule hat immer ganz rote Ohren bekommen, wenn er sauer wurde.

„Es tut mir leid, mir war schlecht. Ich musste jeden Tag Haferschleim essen", versuchte Futzi sich zu verteidigen.

„Deswegen kotzt man noch lange nicht in ein Asterix-Heft von einem Freund."

„Welches Heft war es denn?", wollte ich wissen.

„Das neueste Heft ,Die große Überfahrt'!", sagte Paule.

„Das ist nicht so gut. Sei froh, dass es nicht ,die Lorbeeren des Cäsar' waren! Das ist das beste Heft. Da ist meine Lieblingsfigur drin, der ,Blödel'", sagte ich und dachte, das würde helfen.

„Das beste Heft ist ,Asterix auf Korsika'. Ich könnte mich jedes Mal beömmeln wegen dem Käse, der so tierisch stinkt und explodiert", mischte sich Benno ein.

„Man kotzt einfach nicht in das Asterix-Heft von einem Freund! Egal welches. Ich will ein neues", schimpfte Paule erneut.

„Ich kriege aber erst in drei Wochen wieder Taschengeld", wendete Futzi ein.

„Dann geh' Flaschen sammeln!" Paule war jetzt richtig sauer.

„Okay, okay, ich geb' mein Bestes", versprach Futzi. „Ich kaufe dir das Heft noch mal."

„Ich will aber jetzt ein anderes Asterix-Heft", sagte Paule. „Kauf' mir ,Asterix und die Trabantenstadt'!"

„Nein", sagte Futzi, der jetzt gemerkt hatte, dass er Paule ärgern konnte. Futzi konnte nämlich manchmal ganz schön nickelig sein.

„Du kriegst genau das, das ich vollgekotzt habe. Das ist nur gerecht."

„Davon habe ich aber nichts. Ich habe das ja schon hundertmal gelesen." Paule wurde immer wütender und seine riesigen Segelohren wurden so rot wie seine Haare. Ab jetzt musste man echt aufpassen.

„Wenn du es hundert Mal gelesen hast, wieso regst du dich dann so auf? Dann brauchst du es doch eigentlich gar nicht mehr. Dann ist es doch egal, ob es vollgekotzt ist."

Jetzt reichte es Paule. Er hatte auch kein Argument mehr. Seine Segelohren waren schon so rot, dass sie jetzt sogar im Dunkeln geleuchtet hätten, glaube ich zumindest. Paule packte Futzi jedenfalls jetzt am Kragen, drehte ihn um und nahm ihn in den Schwitzkasten.

„Hey, auseinander! Spinnt ihr? Wir sind doch Freunde!", sagte Micki und ging dazwischen.

„Lass Futzi los, Mann! Er wird dir ein neues Heft kaufen. Und du, Futzi, kaufst ihm das, das er haben will. Das ist gerecht, denn es kostet nicht mehr als das, das er schon hat, und dir kann es doch egal sein, welches er bekommt. Das vollgekotzte Heft behältst du."

„Aber das Heft von Paule war doch auch nicht neu! Der sagt ja selbst, dass er es schon hundertmal gelesen hat. So sah es auch aus. Voller Fettflecken und Schokolade. Richtig eklig. Wenn ich ihm ein neues Heft kaufe, macht der doch voll den Gewinn damit!"

„Das ist ein Argument", mischte ich mich jetzt wieder ein, weil ich eine Idee hatte. „Aber zufällig habe ich ‚Asterix und die Trabantenstadt' und das habe ich auch schon hundertmal gelesen und das kann ich Paule schenken und Futzi zahlt mir dann wenigstens noch die Hälfte für das Heft. Dann sind wir alle quitt." Ich fand, dass das eine tolle Lösung war. Manchmal hatte ich echt gute Einfälle.

„Aber die Trabantenstadt habe ich dir doch zum Geburtstag geschenkt. Man verschenkt keine Geschenke weiter, genauso wenig, wie man in geborgte Hefte kotzt", sagte jetzt Schnulle und sah dabei ganz traurig aus.

Oh, daran hatte ich nicht gedacht. Dann war die Idee wohl doch nicht so gut. Jetzt tat mir Schnulle leid.

Und so wäre es vermutlich noch eine Weile hin- und hergegangen, aber da war dann die Pause zu Ende und ohne einen einzigen Schuss mit dem Tennisball auf das Loch unter der Treppe abgegeben oder eine Lösung für das Asterix-Heft gefunden zu haben, gingen wir wieder zurück in den Klassenraum.

Nach der vierten Stunde war die Schule dann endlich aus und wir gingen nach Hause. Micki und Benno gingen voran und diskutierten über Gerechtigkeit und dahinter liefen Paule und Futzi und stritten sich weiter und mit etwas Abstand dahinter gingen Schnulle und ich.

„Hör' zu Schnulle", sagte ich. „Du weißt, dass ich dein Freund bin und dass ich sonst nie ein Geschenk von dir weiterverschenkt hätte. Aber hier muss es sein, um den Frieden wieder herzustellen. Es ist so eine Art Opfer, verstehst du?"

Schnulle überlegte ziemlich lang. Dann legte er seinen Arm um meine Schultern und sagte: „Du hast Recht Willi. Du bist echt schlau. So machen wir es."

Das gefiel mir. Schnulle war nämlich auch schlau, aber das fiel nicht sofort auf, wenn man ihn nicht gut kannte. Vielleicht lag es daran, dass er ständig etwas gegessen hat und nicht so viel redete wie zum Beispiel Micki oder ich.

Bevor Paule und Futzi abbogen, einigten wir uns dann doch alle auf meinen Vorschlag und Futzi versprach, gleich heute Nachmittag mit dem Flaschensammeln zu beginnen, um mir die Hälfte vom Asterix-Heft bezahlen zu können.

„Hey, wartet noch! Heute Nachmittag kriege ich ein neues Bonanza-Rad", sagte Micki. „Mein Vater bringt es aus der Stadt mit. Wir können uns um drei Uhr treffen und dann ein bisschen rumgurken."

„Astreine Idee! Um drei Uhr bei Benno und Willi vor'm Haus!", sagten alle fast gleichzeitig.

Benno und ich wohnten nämlich in einem Doppelhaus nebeneinander und das Haus lag ziemlich zentral.

Batty Super

Das Haus, in dem Benno und ich wohnten, lag in der Doktor Dusel-Straße Nr. 23. Benno und ich hatten unsere Kinderzimmer beide zur Straße hin und wir hatten außen an die Hauswand eine Schnur zu einer langen Schlaufe gespannt, an die wir Zettel mit einer Wäscheklammer befestigen konnten. Zog man oben an der Schnur, wanderte der Zettel unten nach drüben zum anderen Fenster. Auf diese Art konnten wir wichtige Nachrichten miteinander austauschen, ohne dass es einer mitbekam. Vor allem nachts. Das Problem war nur, dass eine Nachricht oft nicht gelesen wurde, weil der Nachrichtenempfänger gar nicht mitbekam, dass eine Nachricht unterwegs war. Aber Benno arbeitete an einer Lösung.

An der Doktor Dusel-Straße war auch eine unbebaute Fläche, die wir als Bolzplatz nutzten. Wir hatten mit Holzbalken zwei Tore gebaut, die ungefähr gleich groß waren, na ja, nicht ganz, denn das eine war etwas flacher, aber das konnte man ausgleichen, wenn man ab und zu die Seiten während eines Spiels wechselte.
Benno hatte meine neue Nachricht gelesen und war um drei Uhr nach draußen gekommen. Wir holten unsere Bonanza-Räder aus den Garagen, die in einem Garagenhof etwas weiter hinter dem Haus lagen.
Alle Jungs, die etwas auf sich hielten, fuhren ein Bonanza-Rad. Das waren diese Räder, die aussahen wie die

Motorräder aus *Easy-Rider*, mit Geweihlenker und Bananensattel.

Ich hatte ein knallrotes Bonanza-Rad von Kettler mit Weißwandreifen und verchromten Sportfelgen, einem verstellbaren Langsattel und einer Dreigang-Schaltung mit einem dicken Hebel auf dem Doppelrohr. Ich hatte eigentlich ein gelbes haben wollen, so wie Benno, aber das war nicht vorrätig als ich mit meinem Vater ins Fahrradgeschäft gegangen war, und ich hatte keine Lust gehabt, eine Ewigkeit von zwei Wochen zu warten. Danach hatte ich es eine Zeit lang bereut, dass ich keine Geduld gehabt hatte. Aber mittlerweile gefiel mir mein rotes Bonanza-Rad echt gut, weil es das einzige rote Bonanza-Rad mit Weißwandreifen war.

Auf einem Bonanza-Rad kamen wir uns vor wie Rocker auf dem Motorrad. Man konnte lässig die Straße rauf- und runterfahren und dazu mit der Stimme einen Motor imitieren. Und am besten war es, wenn wir alle zusammen mit unseren Rädern fuhren, wie eine richtige Rockerbande.

Manche hatten auch eine richtig fette Hupe am Lenker angebracht. Futzi und Paule hatten sogar eine Sturmklingel, die am Vorderrad befestigt war. Solche Klingeln waren eigentlich verboten, aber sie machten besonders viel Spaß.

Jeder Junge frisierte sein Bonanza-Rad etwas. Am Lenker ließen sich gut bunte Bänder aus Gummi befestigen, die dann am Ende der Griffe nach unten hingen. Futzi hatte nicht nur eine echte Blinkanlage am Rad, sondern sogar hinten an der Rückenlehne einen Fuchsschwanz, den er im Urlaub an einer Autobahntankstelle gekauft hatte. Andere hatten auch einfach nur Bierfilze zwischen die Speichen geklemmt, was besonders beim Fahren gut aussah. Nur bei Regen durfte man dann nicht fahren, weil die Filze nass wurden. Ganz groß in Mode waren auch Aufkleber. Benno hatte ein paar FC Bayern-Aufkleber auf seinem Bonanza-Rad und ich mehrere Smileys auf dem Schutzblech. Die passten gut zu dem roten Rad. Einen FC-Bayern-Wimpel hatte ich auch. Und eine Klingel mit den WM-Maskottchen Tip und Tap. Die war schon älter und stammte noch von meinem Kinder-Fahrrad.

Während wir auf Micki warteten, flickten wir den Reifen von Schnulles Rad, das mal wieder platt war.
Schnulle fuhr ein schönes Bonanza-Rad von Kalkhoff, wo man die Schultasche unter dem Sitz quer verstauen konnte. Sein Hinterreifen war dicker als der Vorderreifen.
„Ich brauche unbedingt so eine Auspuff-Attrappe für mein Rad", meinte er. „Habe ich neulich mal bei einem Jungen in der Stadt gesehen. Das wird meine nächste Anschaffung."
„Gute Idee, passt zu dir", sagte Benno.
„Hat Micki eigentlich gesagt, was für ein Rad er bekommt?", wollte ich wissen.
„Ein Bonanza-Rad", sagte Futzi.
„Moah ey, Schlauberger!", sagte Paule. „Das wissen wir doch. Aber was für ein Modell?"

„Bestimmt mit Gangschaltung und allem Zipp und Zapp!", sagte Benno, für den Technik sehr wichtig war. Bennos Onkel hatte nämlich eine KFZ-Werkstatt, und da hatte Benno schon oft mithelfen dürfen.

„Da kommt er!", rief Futzi und deutete mit dem Finger die Straße runter, wo Micki wohnte.

Micki hupte aus der Entfernung laut und dann trat er voll in die Pedale. Als er bei uns ankam, machte er eine scharfe Bremsung, sodass die neuen, pechschwarzen Reifen eine kleine schwarze Bremsspur auf dem trockenen Asphalt machten.

„Boah, ey! Was für 'ne Karre!" Benno fiel fast die Kinnlade runter.

„Ein Batty Super!", verkündete Micki stolz. „Mit 3-Gang-Schaltung von Sachs. Und 'nem Tacho, der bis 60 geht! Das ist die Harley Davidson unter den Bonanza-Rädern!"

„Darf ich mal damit fahren?", fragte ich.

„Ja, aber nicht schalten, okay? Das will gelernt sein!"
Ich setzte mich auf das Batty Super und fuhr vorsichtig los.

Ein Batty Super, in Orange! Ich hatte es mal in einem Katalog gesehen, aber noch nie in echt.

„Zu teuer", hatte mein Vater gesagt. „Für so ein Rad muss man noch etwas üben", meinte er.

Es fühlte sich großartig an, so ein nagelneues Rad, das nicht klappert, wo nichts schleift und in dessen Reifen noch keine leichte Acht war, die immer schnell entstand, wenn man zu schnell einen Bordstein hochfuhr. Mit der rechten Hand berührte ich vorsichtig den

Schalthebel auf dem Oberrohr, bewegte ihn aber nicht. Muss das Klasse sein, damit die Straße runterzufahren und erst in den zweiten und dann in den dritten Gang zu schalten! So ähnlich muss sich eine Harley Davidson anfühlen.

„Jetzt brauchst du nur noch einen Fuchsschwanz an der Rückenlehne", sagte Futzi.

„Quatsch, Fuchsschwanz!", antwortete Micki. „Das Batty bleibt, wie es ist. Ich werde nichts ändern und es wird jeden Tag geputzt und geölt. Vielleicht fahre ich es auch nur sonntags. Und nur auf der Straße. Zu unserer Geländebahn im Wald nehme ich es auf keinen Fall."

„Würde ich auch nicht machen. Viel zu schade", sagte Benno.

„Die Mädchen würden Augen machen, wenn du damit in die Schule kämst", meinte Paule.

„Meinste?", fragte Micki nachdenklich zurück. „Ich glaube, die können kein Dreirad von einem Batty Super unterscheiden."

„Da wäre ich mir nicht so sicher. Meine große Schwester dreht sich immer um, wenn ein Typ mit 'nem Mofa vorbeigeheizt kommt. Das imponiert denen, glaube ich."

„Hm, vielleicht. Ich überleg's mir." So richtig überzeugt war Micki aber nicht.

„Lasst uns ein bisschen durch die Gegend gurken", schlug er vor und dann fuhren wir los.

Als wir am Kindergarten vorbeifuhren, rief Futzi ganz laut: „Kindergarten, Schweinebraten, hat die ganze Welt verraten."

„Moah, ey, lass' doch den Blödsinn. Dafür bist du doch echt schon zu alt", sagte Paule, weil er sich eigentlich immer über Futzi ärgerte.

Wenn wir zwischendurch eine Pfandflasche rumliegen sahen, hielten wir an und nahmen sie mit. An der Baustelle schräg hinter dem Haus von Benno und mir lagen immer besonders viele Bierflaschen, von den Bauarbeitern. Die tranken nämlich Bier gegen den Durst. Als wir genug Flaschen zusammen hatten, fuhren wir zum Supermarkt, um sie einzulösen. Wir bekamen 3,50 DM dafür. Davon bekam ich 2,50 DM und ich musste dafür Paule ‚die Trabantenstadt' geben. Vom Rest kauften wir Brausepulver und eine Packung Bazooka Joe's Kaugummi.

Als wir aus dem Supermarkt kamen, standen zwei ältere Jungs in Jeanshosen und Turnschuhen am Bonanza-Rad von Micki und betrachteten es interessiert.

Es waren die Schablowskis, zwei Brüder, die in der Nachbarschaft von Micki wohnten. Schlimme Geschichten hörte man über die beiden. Sie waren unfassbar stark und sie waren immer zu zweit, was sie noch stärker und gefährlicher machte. Sie wohnten in einer engen Straße, die Micki immer als Abkürzung benutzte, um zur Schule zu kommen. Ohne die Abkürzung musste er einen großen Umweg machen.

Die Abkürzung war aber gefährlich. Manchmal saßen die Schablowskis nämlich einfach so vor dem Haus auf dem Kasten mit den Mülltonnen und lauerten anderen auf. Letzten Sommer hatten sie mich erwischt, als ich

Micki besuchen wollte und sie hatten mir die Schuhe ausgezogen und gegenüber bei Herrn Kappes in den Goldfischteich geworfen.

Im Winter hatten sie dann Futzi erwischt.

„Wo willst du hin, du Furzknoten?", hatte der eine Schablowski Futzi gefragt.

„Nirgendwo hin", hatte Futzi geantwortet.

Da hatte der andere Schablowski, der immer eine blaue Kappe mit einer Rolling Stones Zunge vorne drauf trug, in Futzis rechtes Nasenloch seinen Mittelfinger und in das linke Nasenloch seinen Zeigefinger gesteckt und Futzi ganz nah an sich herangezogen und gesagt: „Lüg' uns bloß nicht an! Also, was machst du hier?" Und da hatte Futzi vor Angst angefangen zu weinen, hatte sich losgerissen und war so schnell gerannt wie noch nie in seinem Leben. Jetzt roch es wieder nach Ärger.

„Ach, schau' mal, wer da kommt!", sagte der eine Schablowski, als er uns kommen sah.

„Futzi, Willi, Micki, Schnulle und zwei andere Hosenscheißer!", stellte der andere Schablowski mit der Rolling Stones Kappe fest und ließ seine Kaugummiblase platzen.

„Wem gehört das Batty Super?", fragte er.

„Mir", sagte Micki.

„Hatte ich mir schon gedacht, du Spacko. Schönes Rad. Pass' bloß gut drauf auf!"

Schablowski 1 mit der Rolling Stones Kappe ging Richtung Supermarkt-Eingang und im Vorbeigehen schlug er Schnulle die Brause aus der Hand, die dieser gerade geöffnet und auf seinem Handrücken verteilt hatte und Schablowski 2 hat dreckig gelacht, weil Schnulle jetzt das Brausepulver im Gesicht klebte.

„Wir müssen leider noch einkaufen. Aber wenn wir rauskommen und ihr immer noch hier seid, gibt's für jeden einen Satz heiße Ohren, verstanden?", sagte Schablowski 2 und ging seinem Bruder nach.

„Au weiah", sagte Futzi. „Die meinen das ernst. Was sollen wir jetzt machen?"

„Erst mal weg hier", sagte Micki. „Ich muss eh nach Hause, Hausaufgaben machen. Morgen machen wir uns einen Plan."

Der fiese Doktor Schmiese

Vor dem Haus von Benno und mir befand sich ein kleiner Sandkasten. Der war mit Holzbrettern umrandet, sodass man am Rand gemütlich sitzen und dabei die Füße in den Sand stecken konnte. Hier saßen wir am nächsten Tag wieder alle, so wie immer, wenn wir erst mal einen Plan machen mussten.

„Wir müssten den Schablowskis mal 'ne richtige Abreibung verpassen", meinte Micki.

„Was willst du denn gegen die machen? Die sind doch viel zu stark", sagte Futzi.

Benno hatte keine Angst: „Ich lasse mir von denen nichts erzählen. Wenn die mich erwischen, haue ich denen eins auf die Nase."

„Das Beste ist wahrscheinlich, immer aufzupassen und ihnen aus dem Weg zu gehen", befand ich.

„Die Schablowskis sind noch harmlos im Vergleich zu Gustav", sagte Paule.

„Wer ist denn Gustav?", fragte Micki.

„Voll übler Typ. Der gefährlichste von allen üblen Typen. Ein richtiger Spielplatz-Gangster!", erklärte Paule.

„Stimmt, ich hab' auch schon von ihm gehört. Der wohnt da etwas weiter hinten bei den Hochhäusern", ergänzte Futzi besorgt. „Meine große Schwester hat erzählt, dass der einen aus ihrer Klasse mit dem Kopf ins Klo gesteckt und abgespült hat."

„Was? Und? War er weg?", fragte Schnulle erstaunt und ihm fiel fast das Rosinenbrötchen vor Schreck in den Sandkasten.

„Natürlich nicht, Dussel. Er hat nur 'ne Dusche im Klo bekommen. Mies genug."

„Das ist echt mies. Und was macht der sonst so?", wollte Micki wissen.

„Er hat noch zwei Bandenmitglieder. Fiete und Zanke. Wie die richtig heißen, weiß ich auch nicht. Die sind fast genauso schlimm wie Gustav", sagte Paule.

„Wie alt ist der denn?", fragte ich an Paule gewandt.

„Keine Ahnung. Aber er fährt schon Mofa. Der kriegt dich damit auf jeden Fall. Dem entkommt keiner", sagte Paule.

„Wie sieht er überhaupt aus?", wollte Micki wissen.

„Groß, rötliche Haare, etwas länger. Er hat immer 'ne Jeansjacke an, mit ganz vielen Aufnähern drauf."

„Hoffentlich kommt der nicht auf die Idee, mal bei uns vorbeizuschauen", sagte ich. Mir war nicht wohl bei dem Gedanken an diesen Gustav.

„Auf jeden Fall müssen wir vorsichtig sein. Solange wir hier bei uns bleiben, wird es schon einigermaßen sicher sein. Riskant ist nur, wenn wir zur Geländebahn in den Wald fahren oder weiter hinten am Bach", sagte Micki.

„Ich glaube, ich lerne jetzt Karate oder Kung-Fu", sagte Futzi. „Dann werdet ihr euch wundern!"

„Gute Idee. Jetzt lasst uns aber erst mal Karten spielen", sagte Micki, weil keiner eine Idee wegen der Schablowskis hatte.

Paule hatte ein neues Kartenspiel mitgebracht und teilte die Karten aus.

„Züge? Wie langweilig!", sagte Futzi, als er seine Karten sah.

„Ich habe ein Sportwagen-Quartett", sagte ich.

„Ja, lass' uns das nehmen! Züge sind langweilig", sagte Schnulle, und weil die anderen auch lieber das Sportwagen-Quartett spielen wollten, war Paule überstimmt und packte beleidigt sein Zug-Quartett wieder ein und ich teilte die Sportwagen-Karten aus.

„Es gibt in Japan aber einen Zug, der fährt mit Schallgeschwindigkeit. Der ist super", sagte Paule noch trotzig.

„Kein Zug ist so schnell wie der Ferrari 512 BB", sagte Benno und fügte hinzu: „300 Stundenkilometer, Stach!"

'Stach' musste man immer sagen, wenn man eine Karte ausspielte und eine Kategorie des Sportwagens, wie Höchstgeschwindigkeit, Hubraum oder Zylinder nannte. Alle, deren Wagen auf der obersten Karte weniger als 300 Stundenkilometer fuhr, mussten einem dann ihre Karte geben, und wenn einer ebenfalls einen Wagen mit Höchstgeschwindigkeit 300 hatte, dann durfte der Ansager jetzt die nächste Kategorie nennen, also zum Beispiel: ,12 Zylinder' beziehungsweise ,12 Zille'. Und sicherheitshalber musste er wieder ,Stach!' sagen.

So ein Kartenspiel konnte ziemlich lang dauern, denn wenn man eine gute Karte hatte, zum Beispiel den Ferrari 512 BB, dann konnte man zwar eine Menge andere, schlechtere Karten einsammeln, verlor diese aber genauso schnell wieder, wenn ein anderer einen Lamborghini Countach oder einen Maserati Bora hatte.

Diesmal war das Spiel aber schnell zu Ende, denn Benno hatte den Ferrari und den Lamborghini.

„Lasst uns Fußball spielen! Wir müssen eh noch für das Klassenspiel übermorgen üben!", schlug Micki vor.

Da es gestern Nacht geregnet hatte, hatten sich vor den Toren am Bolzplatz Pfützen gebildet, und daher gingen wir auf den Garagenhof hinter dem Haus von Benno und mir.

Der Garagenhof bestand aus zwei Reihen von Garagen, die sich gegenüberlagen. Jede Reihe hatte etwa zehn Garagen. Das Fußballfeld war damit ziemlich kurz, dafür sehr breit. Das war nicht optimal, führte aber zu interessanten Spielzügen. Wenn man Glück hatte, war auf jeder Seite eine Garage offen und die waren dann die Tore. Idealerweise lagen sie direkt gegenüber. Wenn keine Garage offen war, dann wurde einfach gegen das geschlossene Garagentor geballert. Das machte einen furchtbaren Lärm, und in der Regel dauerte es nicht lange, bis irgendwo ein Mecker-Opa vom großen Mietshaus gegenüber ein Fenster öffnete und brüllte, dass das zu laut sei und dass wir gefälligst abhauen sollten. Aber das war uns egal. Wenn so ein Mecker-Opa dann nämlich tatsächlich mal runterkam, huschten wir auf der anderen Seite des Garagenhofs durch den Zaun und waren weg.

Schnulle ging auf der einen Seite ins Tor, wo eine Garage offen war und Paule gegenüber ins andere Tor. Da war die Garage geschlossen. Paule war der beste im Tor und daher auch in der Klassenmannschaft der Torwart. Micki und ich waren die Mannschaft von Paule und Benno und Futzi die Mannschaft von Schnulle. Das war gerecht, weil Benno mit Abstand der beste Spieler an der ganzen Schule war. Er war so gut wie fünf Spieler zusammen, weil er richtig gut fummeln konnte und einen sehr harten Schuss hatte. Und so stand es auch schnell vier zu null und es hatte viermal richtig laut gedonnert, wenn Benno voll abgezogen und an Paule vorbei gegen das Garagentor geballert hatte.

Aber dann klatschte Paule einen hohen Schuss mit den Händen nach oben ab und der Ball flog auf die Garage.

„Einer muss rauf", sagte Benno.

„Ich gehe", sagte ich.

Paule machte für mich Räuberleiter und ich kletterte mit Paules Hilfe an der Halterung eines offenen Garagentors nach oben auf's Garagendach.

Als ich oben war, sah ich aber keinen Ball.

„Hier ist er nicht", rief ich nach unten.

„Ist er rüber in den Garten geflogen? Schau' mal nach!", rief Paule zurück.

Ich ging an's andere Ende der Garage und schaute hinunter in den Garten des dahinterliegenden Einfamilienhauses. Da lag der Fußball mitten auf dem Rasen.

„Mist, der liegt im Garten", sagte ich und kletterte wieder nach unten zu den anderen.

„Was jetzt?", fragte Benno.

„Wir klingeln und fragen nach dem Ball", meinte Micki.

„Wer wohnt da überhaupt?", wollte Benno wissen.

„Das Haus ist ja ganz neu gebaut. Die sind erst vor ein paar Wochen eingezogen."

„Die sind bestimmt sauer", gab Futzi zu bedenken.

„Vielleicht haben sie auch einen Wachhund."

„Benno muss klingeln, weil er geschossen hat", sagte Paule.

„Nein, du musst klingeln, weil du ihn zuletzt berührt hast", wehrte sich Benno.

„Dann zählen wir halt ab", sagte Paule und fing gleich an, abzuzählen: „A-Bah-Buus-ab!"
Bei ‚A' zeigte er auf Benno, bei ‚Bah' auf Schnulle, bei ‚Buus' auf mich und bei ‚ab' auf Futzi.

„Ab! Du musst klingeln, Futzi", sagte Paule.

„Was ist denn das für ein dämlicher Abzählreim?", rief Futzi empört. „Das zählt nicht. Du hast dich selbst nicht mitgezählt und Micki auch nicht. Ein Abzählreim muss mindestens einmal im Kreis rumgehen. Pass' auf! Noch mal neu."
Und dann zählte er:

„Ein E-le-fant aus Lü-ding-hau-sen,
ließ 'nen Furz durchs Te-le-fon sau-sen,
ließ ihn wie-der raus
und du bist raus!"
Bei ‚raus' zeigte er auf Benno.

„Benno muss klingeln. So ist es gerecht. Er hat ja auch geschossen!", rief Futzi triumphierend.

Der aber wehrte sich: „Ich bin nur *raus*. Das bedeutet, dass du weiter abzählen musst. Solange bis nur noch einer übrig ist."

„Hm, stimmt", sagte ich. „Der Abzählreim war unklug, Futzi", da musste ich Benno Recht geben.

„Typisch Blödmann Futzi. Kann nicht mal richtig abzählen", sagte Paule. „Hätten wir doch meinen Abzählreim genommen!"

„Ach, lasst doch den Unsinn! Ich klingele", sagte Micki.
„Ich will sowieso wissen, wer da wohnt. Außerdem ist
es mein Ball."

Micki ging also um die Ecke vom Garagenhof und zur
Tür des neuen Hauses.

„Dr. Schmiese", stand auf der Türklingel.

Micki klingelte und trat einen Schritt zurück. Wir anderen warteten auf dem Bürgersteig. Es dauerte nicht
lange, da hörte man Schritte und dann machte ein großer, dünner Mann mit einer Nickelbrille die Tür auf.

„Nanu! Was möchtest du denn? Was kann ich für dich
tun, junger Mann?", fragte er Micki freundlich.

„Wir haben unseren Fußball aus Versehen in Ihren Garten geschossen. Ich wollte fragen, ob ich ihn holen
darf", antwortete Micki genauso freundlich.

Der Mann ging einen Schritt zur Seite zu einer Truhe
und nahm den Fußball in die Hand.

„Hier, mein Junge", sagte er. „Ich habe ihn schon geholt. Bitte schön."

„Oh, danke", sagte Micki, griff nach dem Ball und
merkte im selben Moment, dass keine Luft mehr drin
war.

„Aber, der ist ja platt!", sagte Micki verwundert.

„Natürlich!", antwortete der Mann ganz ruhig. „Ich
habe ja auch mit einem großen Messer ein großes Loch
hineingestochen. Das mache ich mit jedem Ball, der in
meinen Garten fliegt."

Ohne ein weiteres Wort zu sagen, machte er die Tür zu
und ließ den verdutzten Micki einfach so stehen.

Der drehte sich zu uns um und wir starrten ihn alle fassungslos an.

„Was ist das denn für ein mieser Typ, ey!", sagte Futzi.

„Lasst uns abhauen!", sagte Micki. „Nicht, dass der noch mal rauskommt!"

Wir gingen zurück zum Garagenhof zu unseren Rädern. Wir waren einerseits stinksauer, andererseits auch echt geschockt. So etwas hatten wir nicht erwartet. Und ein kaputter Fußball ist ein richtig großer Schaden, den man nicht so schnell ersetzen kann. Wir wollten nur schnell weg von hier und daher setzten wir uns auf unsere Räder und fuhren Richtung Fußballplatz, wo heute ein Klassenspiel zweier dritter Klassen stattfand. Micki meinte, dass man sich das mal anschauen könnte.

Auf dem Weg diskutierten wir über diesen Doktor Schmiese. So richtig schlau wurden wir nicht aus der Sache. Warum sticht jemand Kindern einen Fußball kaputt? Gut, wir waren zu laut und der Ball störte Doktor Schmiese im Garten. Aber deswegen hätte er den Ball nicht kaputtmachen müssen. Es hätte gereicht, wenn er ihn zurückgegeben und etwas geschimpft hätte.

„Aber dann hätten wir weitergespielt", sagte Futzi und das stimmte auch wiederum.

„Der macht das auch beim nächsten Ball wieder", meinte Micki und die anderen stimmten ihm zu.

„Der will, dass wir nie wieder im Garagenhof spielen. Wegen dem Lärm!"

„Das war's dann wohl mit Fußball im Garagenhof", sagte ich. „Es fliegt bestimmt wieder ein Ball über's Dach."

Das war sehr ärgerlich und eine dumme Situation. Zu den Eltern konnte man auch nicht gehen. Sie würden sagen, dass man halt nicht auf dem Garagenhof spielen darf, und würden einem dann noch Hausarrest verpassen. Wirklich blöde Situation.

Als wir am Fußballplatz ankamen, waren wir richtig schlecht gelaunt. Das Klassenspiel zwischen der 3b und der 3d war schon in der zweiten Halbzeit. Schiedsrichter war der Sportlehrer unserer Schule, Herr Meichlinger. Außer uns schauten noch ein paar andere Schüler zu und auch ein paar Eltern. Ein Fußballspiel vom Rand aus anzuschauen, war etwas ganz anderes als selbst auf dem Platz zu stehen. Der Platz kam uns riesig vor und die beiden Torhüter, die in den großen Toren standen, wirkten winzig. Wie sollten die eigentlich einen Ball halten? Da würde doch jeder Schuss reingehen.

Merkwürdig war aber, dass kein Tor fiel. Das ganze Spiel war überhaupt ein einziges Chaos und überhaupt nicht schön anzusehen.

Und nach zehn Minuten sagte Micki: „Fällt euch was auf? Die laufen alle auf einem Haufen. Ein richtiges Knäuel ist das. Jeder will den Ball haben, weil jeder ein Tor schießen will."

„Stimmt", ergänzte Schnulle. „Man erkennt gar nicht, wer in der Abwehr, im Mittelfeld oder im Sturm spielt!"

„Wir müssen übermorgen anders spielen. Morgen mache ich in der Schule in der ersten großen Pause die Mannschaftsaufstellung und einen Plan", sagte Micki.

Das Klassenspiel

In der großen Pause kamen am nächsten Tag alle Jungs zusammen. In der Klasse waren 15 Jungs und 11 brauchte man für eine Fußballmannschaft, besser sogar 12 oder 13, wenn nämlich mal einer verletzt ausfiel oder im letzten Moment nicht kommen konnte.

Das Problem war, dass es in der Klasse auch ein paar Jungs gab, die sich gar nicht für Fußball interessierten. Der Karsten und der Thorsten zum Beispiel. Und dann gab es auch welche, die gar nicht gut im Fußball waren, so wie der Bernhard und der Martin. Deswegen hatte Micki mit seiner Aufstellung echt Probleme.

„Also", erklärte Micki, „Paule im Tor, das ist gesetzt. Ich davor letzter Mann in der Abwehr. Schnulle, Bernhard und Martin – alle in die Abwehr. Benno ist der Libero. Willi und Futzi sind Links- und Rechtsaußen. Guido im Mittelfeld. Willst du links oder rechts spielen?"

„Links", sagte Guido und freute sich, dass Micki ihn aufstellte.

„Holger, willst du wieder Mittelstürmer spielen?", fragte Micki den Holger, der der Größte in der Klasse war.

„Fehlt noch ein Mittelfeldspieler", stellte ich fest.

„Und ein Ersatzspieler", bemerkte Micki besorgt.

„Was machen wir jetzt? Mit zehn Spielern gewinnen wir nicht, obwohl wir Benno haben", meinte Schnulle. „Bei denen spielt ja der Rallo und der ist fast genauso gut wie Benno."

In diesem Moment kamen Sybille und Susi vorbeige-
hüpft. Sybille war die Cousine von Benno. Sie ging in
dieselbe Klasse wie wir und wohnte auch nur ein paar
Häuser von uns entfernt, und wir nannten sie alle nur
Bille und sie war richtig hübsch. Da hatte Micki eine
Idee.

„Wir könnten die beiden Mädchen fragen, ob sie mitspielen wollen. Die sind doch gar nicht so schlecht. Hat
man doch im Sportunterricht schon gesehen."

Es dauerte etwas, bis einer was sagte.

„Ist das überhaupt erlaubt?", fragte ich vorsichtig.

„Was meinst du mit *erlaubt*?", fragte Micki zurück.

„Na ja, ich meine, darf man Mädchen mit in der Mannschaft haben?"

„Ja, das ist schon komisch", sagte Benno, dem es nicht
ganz geheuer war, dass er mit seiner Cousine in einer
Mannschaft spielen sollte.

„Die anderen lachen uns doch dann voll aus. Ich bin
sicher, dass das verboten ist", meinte Futzi.

„Hm", Micki überlegte. „Es heißt ja ‚*Klassenspiel*'. Das
bedeutet doch, dass jeder aus der Klasse mitspielen
darf. Also auch ein Mädchen."

„Okay, aber dann höchstens eines", sagte Holger.

„Gut, wir fragen sie", sagte Micki und wir gingen rüber
zu den Mädchen, die jetzt Seilhüpfen spielten.

„Du, Bille", sagte Micki. „Hättest du Lust, morgen beim
Klassenspiel mitzumachen? Und du, Susi, vielleicht
auch? Wir brauchen noch einen Spieler im Mittelfeld
und einen Ersatzspieler."

Bille legte ihr Springseil auf den Boden und band sich ihren Pferdeschwanz neu. Sie war etwas größer als die meisten Jungs und eine echte Sportskanone. Sie konnte jedenfalls sehr schnell laufen und ließ sich nicht leicht wegschubsen.

„Lust hätte ich schon", sagte Bille. „Ich weiß bloß nicht, ob ich Zeit habe. Ich bin so beschäftigt momentan."

„Komm' schon! Wir brauchen dich", sagte Micki. „Morgen um drei am Fußballplatz. Oder 'ne halbe Stunde vorher bei Benno und Willi zur Mannschaftsbesprechung."

„Auf welcher Position soll ich denn spielen?", wollte Bille wissen.

„Rechtes Mittelfeld", antwortete Micki.

„Das ist mir zu langweilig. Ich will Mittelstürmerin sein", sagte Bille.

„Mittelstürmer bin ich schon", sagte Holger.

„Dann eben ohne mich", sagte Bille und drehte sich wieder um.

„Okay, okay!", sagte Micki. „Du kannst Mittelstürmerin spielen."

Und zu Holger: „Du bist doch auch im Mittelfeld gut. Dann bist du auch näher an Benno dran. Die beiden Besten ganz nah zusammen. Das wird auch funktionieren."

Das überzeugte Holger. Und dann wurde auch noch die Susi überredet, als Ersatzspielerin mitzukommen.

Am nächsten Tag trafen wir uns alle um halb drei bei Benno und mir am Sandkasten. Wir hatten verabredet, dass jeder irgendein rotes Hemd anziehen sollte und die Klasse 4a etwas Blaues. Im Sandkasten malte Micki mit einem Stock eine Skizze in den Sand.

„Eigentlich ist alles ganz einfach: Benno ist der wichtigste Mann auf dem Platz. Am besten immer ihn anspielen, wenn ihr nicht weiterwisst. Benno verteilt die Bälle. Nicht alle auf einem Haufen rumstehen! Lauft euch frei und dann seht zu, dass ihr die Bälle auf's Tor bringt. Und du, Schnulle, foulst nicht so oft, sonst stellt dich Herr Meichlinger vom Platz. Alles klar?"

„Und mich bitte vorne flach anspielen", sagte Bille. „Ich mag nämlich keine Kopfbälle."

„Wenn der Ball hoch ankommt, musst du ihn köpfen", sagte Futzi.

„Muss ich gar nicht. Hohe Bälle bringen auch nichts", wusste es Bille besser.

„Aber die Flanken kommen doch hoch in die Mitte", sagte Futzi.

„Dann spielst du sie heute eben flach!"

„Streitet euch nicht!", beschwichtigte Micki beide.

„Wir werden schon sehen, wie es läuft. Jetzt brauchen wir noch einen Spruch zur Begrüßung."

Vor einem Spiel, wenn die beiden Mannschaften sich am Mittelkreis gegenüberstanden, musste der Kapitän, also Micki, nämlich einen Spruch aufsagen und der fing immer so an:

„Wir begrüßen unseren heutigen Gegner und den Schiedsrichter mit einem dreifach kräftigen ...!"

„Wie wäre es mit einem: Ente quak. Ente quak, quak, quak?", fragte Futzi.

„Das ist ja selten dämlich", befand Paule. „Noch dämlicher als dein Abzählreim."

„Nein, das ist echt albern", meinte auch Micki.

„Wir sagen einfach dreimal Hipp, Hipp, Hurrah, okay?"

„Okay", sagten wir alle.

Dann schwangen wir uns auf unsere Bonanza-Räder und radelten zum Fußballplatz, wo Herr Meichlinger schon wartete.

Als die Gegner kamen, schüttelte Rallo Micki zur Begrüßung die Hand, so wie es die Kapitäne bei den Profis machen.

Als Rallo Bille sah, war er überrascht und ihm fiel auf, dass sie als einzige nur Turnschuhe trug statt Fußballschuhe mit Stollen.

„Na, habt ihr euch Verstärkung geholt?", fragte Rallo. Und zu Bille: „Was sind denn das für Latschen? Warum nicht gleich Ballettschuhe?"

Bille ließ sich aber nicht einschüchtern. „Ich habe extra nur diese mitgenommen. Für dich würden ja sogar Flip-Flops reichen, du Spargel-Tarzan."

Das ärgerte Rallo richtig und noch bei der Mannschaftsbegrüßung am Mittelkreis, als er seinen Spruch aufsagte, warf er Bille einen bösen Blick zu.

Wir hatten ausgemacht, dass zwei mal zwanzig Minuten gespielt werden, mit zehn Minuten Halbzeitpause.

Das Spiel fing eigentlich ganz gut an. Benno machte den Anstoß, spielte auf mich und ich flitzte auf der rechten Seite wie ein Verrückter los, hängte alle ab und

bog dann von rechts in den 16-Meter-Raum ab, überlegte kurz, ob ich in die Mitte zu Bille spielen sollte,
merkte dann aber, dass ich die bessere Position hatte
und zog ab. Der Ball flog aber an den rechten Außen-
pfosten und ging ins Aus.

Da riefen die Schüler aus der 4a, die als Zuschauer mit-
gekommen waren, um die 4a anzufeuern, im Chor:
„Willi vom Platz, Oma als Ersatz! Willi vom Platz, Oma
als Ersatz!"

Das ärgerte mich sehr und da machte der gegnerische
Torwart schon einen überraschend weiten Abschlag
über Benno hinweg, direkt zu Rallo, und der dribbelte
sich an allen vorbei und schoss den Ball lässig an Paule
vorbei ins Tor. 1:0 für die 4a!

Dabei blieb es auch bis zur Pause und als Micki die neue
Taktik erklären wollte, musste Schnulle, der vor dem
Spiel zu viel gegessen hatte, auf's Klo und ging rüber
zum Vereinshaus. Da wechselte Micki kurzerhand Susi
für ihn ein und erklärte, dass es bei der alten Taktik
bliebe, denn die sei gar nicht schlecht, und dass wir uns
jetzt einfach doppelt anstrengen müssten.

Ich war nicht so gut im Fußball wie Benno oder Rallo.
Ich konnte aber schnell rennen und einigermaßen genau schießen. Und ich wusste: Wenn man auf dem Platz
laut ist und die richtigen Worte sagt, dann fällt das nicht
so auf. Und deswegen rief ich ab und zu, wenn Benno
am Ball war: „Achtung! Hintermann!"

Dann wusste Benno, dass von hinten ein gegnerischer
Spieler kam und ihm den Ball abnehmen wollte, und da

passte er besser auf. Und für alle sah es dann so aus, als hätte ich voll die Übersicht auf dem Platz.

In der zweiten Hälfte wurde die 4a etwas überheblich und dann gerieten Rallo und Bille aneinander. Bille hatte Rallo mehrfach gefoult, und da hatte es Rallo gereicht und er hatte sie dann so doll geschubst, dass sie hingefallen war. Herr Meichlinger zeigte Rallo dafür die gelbe Karte. Als Herr Meichlinger sich umdrehte, trat Futzi Rallo zur Strafe in den Hintern. Da drehte sich Rallo um und gab Futzi eine Backpfeife und der gab Rallo auch eine. Da stellte Herr Meichlinger Futzi und Rallo vom Platz.

Kaum war Rallo vom Platz, lief es im Mittelfeld wie geschmiert. Susi rückte aus der Abwehr auf die Position von Futzi nach und Benno kam bis weit nach vorne an den 16-Meter-Raum.

„Schick' lang, durch die Gasse!", rief ich in Fußballersprache und Benno spielte den Ball zwischen zwei Abwehrspielern nach rechts lang und flach auf mich. Ich nahm den Ball auf, schlug einen Haken und ließ einen Abwehrspieler stehen, passte am herauslaufenden Torwart nach links in die Mitte auf Bille, natürlich flach, und die schob den Ball ins Tor! 1:1!

Als zwei Minuten später Benno das 2:1 machte, war der Widerstand gebrochen. Ich machte auch noch ein Tor zum 3:1 und dann erzielte Bille sogar noch das 4:1. Die 4b hatte wieder einmal gewonnen!

„Ich lade die gesamte Mannschaft zu meinem Geburtstag am Wochenende ein", sagte Schnulle, als er aus der Toilette zurückkam und wir freuten uns, denn Schnulles

Vater würde wie letztes Jahr eine riesige Torte backen und Streuselkuchen, Amerikaner und Rumkugeln machen.

Sachkunde-Unterricht

Der Geburtstag bei Schnulle am Wochenende war wieder ein voller Erfolg, denn wir aßen an diesem Tag jeder so viel Kuchen wie sonst im ganzen Jahr zusammen. Egal welches Spiel wir spielten, ob Sackhüpfen, Topfschlagen oder Wurstschnappen, immer gab es für den Sieger Rumkugeln und Amerikaner und für die Verlierer eigentlich auch.

Und am Ende machten wir sogar ein Rumkugel-Wettessen, das zur Überraschung aller Futzi knapp vor Schnulle gewann. Ich hatte noch nie jemanden so viele Rumkugeln essen sehen.

Dem Futzi war dann aber so schlecht, dass er sich auf dem Klo übergeben musste, und während er vor der Toilettenschüssel kniete, streichelte ihm Bille voller Anteilnahme den wuscheligen Kopf, worüber sich Futzi sehr ärgerte, weil er sich nun doppelt blöd vorkam.

„Hoffentlich lag kein Asterix-Heft im Badezimmer!", sagte Paule, als Futzi und Bille zurück ins Wohnzimmer kamen und alle außer Futzi lachten über den Witz.

Und Schnulle ließ dazu ganz laut einen fahren und sagte wie ein Indianerhäuptling im Winnetou-Film: „Howgh, der Auspuff hat gesprochen!"

Am nächsten Montag war dann wieder Sachkunde-Unterricht.

„So, ich hoffe, ihr habt alle brav eure Hausaufgaben gemacht und kennt euch nun mit Steinkohle und ihrer Bedeutung aus. Hat irgendjemand von euch seine Hausaufgaben vergessen?", fragte Frau Schneckmann.

Benno zeigte freiwillig auf und Schnulle auch, und Frau Schneckmann machte in ihrem kleinen roten Buch einen Strich. „Sonst noch jemand?"

Schweigen in der Klasse.

„Na, gut, dann bin ich ja mal gespannt, was ihr so alles wisst. Möchte jemand freiwillig etwas über Steinkohle erzählen?"

Bille meldete sich, kam dran, stand auf und sagte: „Steinkohle ist in der Urzeit entstanden. Sie wird zum Heizen verwendet, im Winter, im Sommer weniger. In Deutschland wird sie im Ruhrgebiet abgebaut und sie wird auch ‚schwarzes Gold' genannt."

„Sehr gut, Sybille", sagte Frau Schneckmann. „Das ist aber noch nicht alles. Man kann noch mehr über Steinkohle sagen. Wie wäre es mit dir Willi?"

Ich hatte meine Hausaufgaben natürlich nicht gemacht. Wie meistens. Ich ärgerte mich zwar, dass ich drangekommen war, aber ich ließ mich dadurch nicht verunsichern, denn ich wusste allmählich, dass man einfach nur so tun muss, als hätte man seine Hausaufgaben gemacht. Da gibt es dann oft gar keinen so großen Unterschied zu denen, die tatsächlich die Hausaufgaben gemacht hatten und es war auf jeden Fall besser, irgendeinen Blödsinn zu erzählen als zuzugeben, dass man seine Hausaufgaben nicht gemacht hatte.

Also stand ich auf und sagte einfach: „Steinkohle ist vor allem wichtig. Sehr wichtig sogar. Ohne Steinkohle geht heute eigentlich nichts. Als es noch keine Steinkohle gab, war alles nicht so einfach."

Ich dachte, das reicht erst einmal und dass jetzt vielleicht Futzi drankäme, aber Frau Schneckmann ließ leider nicht locker.

„Ja, das stimmt, aber das ist etwas sehr allgemein formuliert", sagte Frau Schneckmann nachdenklich und war wohl etwas verwundert über diese komische Antwort. „Kannst du denn auch erklären, wie die Steinkohle gefördert wird?"

„Ja. Sehr unterschiedlich", fuhr ich fort. „Manchmal liegt sie einfach an der Oberfläche rum. Wie in der Prärie bei den Indianern. Die Indianer zum Beispiel haben mit Steinkohle ihr Lagerfeuer gemacht."

Davon hatte Frau Schneckmann ja noch nie etwas gehört. Ich auch nicht, wenn ich ehrlich bin.

„Woher weißt du das denn?"

„Das habe ich gelesen", behauptete ich einfach. „Die Indianer haben mit Steinkohle auch ihre Zelte geheizt. Obwohl, da bin ich mir jetzt nicht ganz sicher. Es könnte auch Holzkohle gewesen sein. Ja, ich glaube, die Zelte haben sie mit Holzkohle geheizt, also die Komantschen auf jeden Fall. Die Schwarzfuß-Indianer haben mit Steinkohle geheizt und die Lagerfeuer haben sie dann mit den bloßen Füßen ausgetreten, daher waren ihre Füße so schwarz und deswegen hießen sie Schwarzfußindianer."

Einige fingen an zu lachen, andere schauten ungläubig zu Frau Schneckmann. Der reichte es jetzt.

„Willi, erzähl' nicht immer so einen Käse! Kannst du denn nicht etwas erzählen, was im Sachkundebuch auf den Seiten 36 bis 39 steht?"

„Natürlich, könnte ich. Aber ich habe das schon vor drei oder fünf Monaten gelesen und mein Wissen über Steinkohle mittlerweile vertieft", log ich dreist.

„Ich bin eigentlich schon ein richtiger Steinkohle-Experte könnte man sagen. Ich könnte stundenlang über Steinkohle reden, wenn ich nur genug Zeit hätte. Aber die anderen wollen ja auch noch drankommen. Stimmt's, Paule?"

„Ja, ga ga ganz genau", stotterte Paule und trat mir unter dem Tisch ans Bein und seine Ohren wurden gleich ganz rot.

Frau Schneckmann hatte jetzt aber genug von dem Theater. „Du kannst dich wieder setzen, Willi."

Und zu Micki gewandt: „Michael, erkläre uns du doch mal, was Silikose ist."

„Das ist die Staublunge. Eine Lungenerkrankung. Die kriegen Bergleute, weil sie den feinen Staub einatmen."

„Genau!", warf ich ein, weil ich dachte, dass ich noch was Schlaues sagen müsste.

„Die haben die Indianer auch bekommen. Weil der Rauch im Zelt so schlecht abzog. Hatte ich vergessen zu sagen."

„Jetzt ist es aber wirklich genug, Willi! Wir wollen doch über die Steinkohle im Ruhrgebiet sprechen."

Am Ende der Stunde hatte ich ein komisches Gefühl und dachte, dass ich wie Benno und Schnulle jetzt auch einen roten Strich bekommen würde, einen ganz fetten vielleicht sogar.

Die Landkarte

„Da hast du ja wieder eine schöne Landkarte in der Unterhose gehabt! Wie soll ich die je wieder sauber bekommen?"

Ich glaube, diesen Satz hat wohl jeder kleine Junge mal von seiner Mutter gehört und ich brauche wahrscheinlich nicht erklären, was damit gemeint war.

Das konnte schon mal vorkommen und bei manchen kam es auch öfter vor. Schlimm genug, wenn die eigene Mutter so eine Landkarte bemerkt. Aber noch schlimmer, wenn sie die Freunde sehen.

Ab und zu hatten wir im Hallenbad Schwimmunterricht. Das war eigentlich immer ganz lustig. Das Problem war nur, dass ich wirklich auch nicht gut schwimmen konnte. Brustschwimmen ging einigermaßen.

Aber Kraulen konnte ich überhaupt nicht. Und einen Köpper traute ich mich nur vom Beckenrand machen.

Im Schwimmunterricht konnte man auch sogenannte Schwimmabzeichen erwerben. Das einfachste Abzeichen war das Seepferdchen. Dafür musste man nur einmal kurz tauchen und einen Gummi-Ring raufholen und eine Bahn schwimmen. Ich hatte ein Seepferdchen-Abzeichen und meine Mutter hatte es auf die Badehose genäht. Ich hatte gedacht, dass noch der Freischwimmer, der Fahrtenschwimmer, der Delphin und der Hai dazukommen würden. So wie bei Benno. Aber bei mir blieb es beim Seepferdchen und jetzt fand ich meine Badehose ziemlich doof und schämte mich damit.

Sogar die Bille war schon beim Fahrtenschwimmer. Aber ich konnte einfach nicht so lange schwimmen und keinen Köpper vom Ein-Meter-Brett machen und schon gar nicht vom Drei-Meter-Brett. Das ging nur mit den Füßen voran und das kostete schon Überwindung. Ich war also immer froh, wenn die Schwimmstunde schnell vorbeiging und ich nicht so auffiel.

Damit ich möglichst wenig Zeit im Wasser verbringen musste, duschte ich etwas länger als die anderen und meldete mich immer freiwillig, wenn Schwimmbretter und Schwimmnudeln geholt und verteilt werden mussten.

Manchmal täuschte ich auch vor, dass ich Wasser im Ohr hatte. Dann schickte mich unsere Sportlehrerin, Frau Fröschl, in die Umkleidekabine und sagte, dass ich möglichst lange auf einem Bein hüpfen soll.

Der Einzige, der auch nur ein Seepferdchen hatte, war Schnulle. Aber zwischen ihm und mir gab es einen entscheidenden Unterschied. Schnulle war absolut furchtlos und schmerzbefreit und konnte sogar vom Fünf-Meter-Turm springen. Seine Spezialität aber waren Arschbomben. Dazu sprang er extra hoch ab und dann zog er das eine Bein an und fasste mit den Armen ums Knie und dann klatschte er halb schräg aufs Wasser. Es machte dann erst ganz laut ‚Plumps!‘ und dann spritzte eine meterhohe Fontäne nach oben. Wenn er das im Freibad machte, schimpfte ihn dann der Bademeister. Ihm machten auch Bauchplätscher überhaupt nichts aus. Er sprang sogar absichtlich so, dass er auf dem Bauch landete, und dann lachten alle und er freute sich.

Ich beneidete Schnulle um seine Sprünge. Wenn man so ein Talent hat, ist es egal, was für ein Abzeichen auf der Badehose klebt. Da war sogar Benno mit seinen sechs Abzeichen neidisch. Ja, richtig gelesen: Sechs. Er hatte nämlich außer dem Hai noch so ein DLRG-Abzeichen, weil er mal einen Wettbewerb gewonnen hatte.

Meistens wurde aber gar nicht so viel gesprungen und wir machten Wettschwimmen. Da war ich wirklich der Schlechteste. Ich war so langsam, dass ich einmal sogar von der Bille unter Wasser überholt wurde. Die ist einfach hinter mir untergetaucht und dann unter mir hergeschwommen und dann vor mir wieder aufgetaucht. Das war echt peinlich, und das Schlimmste war, dass die Bille auch noch so eine Gummibadehaube mit Verzierungen aufhatte.

„Das ist sehr schlecht für die Aero-Dynamik", hatte Micki erklärt. Was er damit sagen wollte: Die Bille wäre ohne diese riesige Gummibadehaube noch viel schneller gewesen. Echt peinlich. Aber gut. Es gibt noch viel Peinlicheres. Und das wollte ich ja eigentlich erzählen:

Kurz nach der Steinkohle-Geschichte hatten wir Schwimmen. Wir sind direkt vom Mathe-Unterricht rüber ins Hallenbad gelaufen. Futzi war richtig gut drauf, weil er überraschenderweise in der Mathe-Arbeit eine Zwei Minus bekommen hatte und er ärgerte Paule auf dem ganzen Weg zur Halle, weil Paule nur eine Vier hatte.

Futzi hatte Paule vorhin im Unterricht auch schon die ganze Zeit mit einem Blasröhrchen und Spuckepapier beschossen. Und deswegen hatte ich schon darauf gewartet, dass Paule sich Futzi gleich wieder packt und ihm diesmal eine kleine Abreibung verpasst, denn seine Ohren wurden schon wieder ganz rot. Vielleicht wollte er auch lieber warten, bis wir im Wasser waren. Dort könnte er ihn ja schön döppen oder ihm die Badehose runterziehen, wenn er auf dem Sprungbrett hinter Futzi stand.

In der Umkleidekabine haben wir uns dann verteilt, damit jeder genug Platz hat und den anderen nicht zu nahe auf die Pelle rückt. Es gibt nämlich keinen gefährlicheren Ort als eine Gemeinschafts-Umkleidekabine. Ich weiß auch nicht warum, aber hier kamen wir oft auf die blödesten Ideen. Dass wir uns beim Anziehen am Ende immer mit den nassen Handtüchern gegenseitig gepeitscht haben, war noch das Harmloseste. Wenn man so ein nasses Handtuch runterhängen lässt und es dann kreisförmig schwingt, wird es ganz hart wie ein Knüppel und man kann dann einem anderen eins überziehen, wenn der nicht aufpasst. Das tut ganz schön weh. Also war ich da immer besonders vorsichtig und platzierte mich vorsichtshalber neben Schnulle.

Futzi hörte immer noch nicht auf, Paule zu ärgern, und zog sich sogar neben ihm um und redete in einer Tour und dass er Paule gerne Nachhilfe geben könnte, wenn der nur wolle.

Und dann – Paules Ohren waren schon wieder glutrot – stand Futzi nur noch in Unterhose da, so eine weiße, große Unterhose mit Feinripp und zog die Unterhose aus. Ich glaube, er hat es selbst gleich gesehen, aber es war zu spät, weil Paule es auch gesehen hatte und dann lachte Paule so laut, wie ich ihn noch nie hatte lachen hören und er zeigte auf Futzis Unterhose und rief laut: „Futzi hat sich in die Hose gekackt! Hahahaha!"

Und tatsächlich: in Futzis Hose war eine riesige, braune Landkarte so groß wie halb Amerika.

„Boah ey, was für 'ne Bremsspur!", sagte Benno, und wir lagen alle am Boden vor Lachen.

Futzi zog die Unterhose schnell aus und steckte sie in seinen Turnbeutel. Er schämte sich ganz doll.

„Das ist ja gar nicht meine Unterhose. Die ist von meinem Bruder!", sagte er hastig und da mussten wir alle nur noch mehr lachen, weil es die blödeste Entschuldigung aller Zeiten war.

Der Wanderzirkus

Auf dem Weg zur Schule war auf halber Strecke eine unbebaute Wiese, die wir immer überqueren mussten. Und da stand plötzlich ein Wanderzirkus.

Ein Wanderzirkus ist ein Zirkus, der jede Woche an einem anderen Ort ist. Er wandert von einem Ort zum anderen. Es hat zwei oder drei Tage gedauert, bis die Zirkusleute das Zirkuszelt aufgebaut hatten. Und außen herum standen die Zirkuswagen, in denen die Zirkusleute wohnten. Dazwischen liefen die Zirkustiere herum. Es gab Ponys, Kamele, Lamas und sogar einen kleinen Elefanten.

Als wir nach der Schule am Zirkusgelände vorbeigingen und bei den Tieren stehenblieben, kam ein Clown zu uns und sagte: „Haltet bitte Abstand zu den Tieren. Vor allem geht nicht zu nah an die Lamas ran."

„Warum denn nicht?", fragte Futzi, der einem Lama gerade ein abgerissenes Büschel Gras geben wollte.

Aber da war es schon zu spät und das Lama spuckte Futzi mitten ins Gesicht.

„Iiiihhh, ist das eklig!", rief Futzi und wir anderen lachten uns kaputt.

„Ich hab' dich gewarnt", sagte der Clown.

„Was ist eigentlich der Unterschied zwischen einem Clown und einem Kasper?", fragte Paule den Clown.

Da musste der Clown richtig lange überlegen.

„Der Kasper arbeitet im Marionettentheater und der Clown arbeitet im Zirkus. Und außerdem ist ein Clown viel lustiger als ein Kasper", sagte er dann und schnitt eine Grimasse.

„Das ist mir neu, dass ein Clown und ein Kasper arbeiten", sagte Micki nachdenklich, als wir nach Hause gingen.

„Ja, hört sich irgendwie komisch an", fand auch ich.

„Ich dachte immer, dass Clowns und Kasper machen können, was sie wollen."

Am nächsten Nachmittag gab der Zirkus seine erste Vorstellung und wir gingen alle rein.

Erst liefen die Ponys im Kreis in der Manege herum und ein paar sehr gelenkige Mädchen führten auf den Rücken der Ponys Kunststücke aus.

Dann kam eine Frau, die hatte mindestens zehn Pudel dabei und die sprangen durch Ringe.

„Tolle Dressurnummer!", rief der Mann, der hinter uns saß, und er klatschte ganz laut.

Danach kamen noch ein Zauberer und ein Schwertschlucker und ein paar Artisten und am Ende endlich die Clowns.

Erst rannten die Clowns wild durcheinander durch die Manege und stolperten immer über irgendetwas und alle lachten. Dann war es still und der Clown, den wir schon kannten, schaute ins Publikum, als suche er jemanden.

„Ich glaube, dass sich heute noch nicht jeder gewaschen und rasiert hat", sagte er. „Ich sehe hier einen jungen Mann, der noch rasiert werden muss!" Dabei zeigte er auf Futzi, und der war ganz erschrocken und hat sich umgedreht, weil er dachte, dass der Clown jemand hinter ihm meinte. Da ging der Clown zu Futzi und zog ihn runter in die Manege und er musste sich auf einen Stuhl setzen. Kaum saß er da, kam schon der Elefant in die Manege. Der hielt mit seinem Rüssel einen Pinsel und den tauchte er in einen Eimer mit weißer, schäumender Seife und dann seifte der Elefant auf ein Kommando des Clowns Futzi das Gesicht ein. Weil der Rasierpinsel viel zu groß für Futzis Gesicht war, war sofort der ganze Kopf von Futzi weiß und man konnte ihn gar nicht mehr erkennen. Wir lachten uns alle kaputt.

Ein Clown mit ganz großen Schuhen kam und wischte Futzi die Augen frei und tat so, als würde er ihn rasieren. Währenddessen steckte der Elefant seinen Rüssel in einen großen Eimer mit Wasser und als der Clown Futzis Augen und Wangen freigewischt hatte, streckte der Elefant den Rüssel geradeaus und spritzte einen riesigen Wasserstrahl auf Futzis Kopf, sodass Futzi nach hinten vom Stuhl fiel. Da konnten wir alle nicht mehr vor Lachen. Ein anderer Clown richtete Futzi wieder auf und der Elefant wischte Futzi mit einem Tuch den Kopf trocken. Dann durfte sich Futzi wieder zu uns auf die Tribüne setzen. Er war total sauer und klitschnass und auf seinem Rücken klebten Sägespäne aus der Manege: „So ein blöder Elefant! Wenn ich das gewusst hätte! Ich gehe nie wieder in einen Zirkus! Und von wegen ‚ein Clown ist viel lustiger‘!"

„Du kannst mir ja jetzt Nachhilfe im Rasieren geben. Eine Rasierstunde sozusagen", sagte Paule zu Futzi und lachte schadenfroh. Und Futzi haute Paule dafür den Ellenbogen in die Rippen.

Am nächsten Tag, als ich aus der Schule kam, klingelte ein Clown bei uns an der Tür und wollte meine Mutter sprechen. Ich hatte mich schon erschreckt und dachte, dass er mich meinen Eltern abkaufen wolle, vielleicht als Besetzung für eine Clownsnummer, so wie mit Futzi. Aber zum Glück fragte er nur, ob er und die anderen Clowns ihre Wäsche bei uns waschen dürfen. Sie hätten nämlich keine Waschmaschine im Zirkus. Meine Mutter hat ihm dann den Wäschesack abgenommen und in den Keller gebracht.

„Bitte nur bei 40 Grad waschen. Das sind unsere Clownskostüme", sagte der Clown.

„Ja, ist gut", sagte meine Mutter. „Sie können die Wäsche morgen abholen, Herr August."

„Gestatten, Firlefanz ist mein Name", antwortete der Clown.

Als der Herr Firlefanz weg war, steckte meine Mutter die Wäsche in die Waschmaschine und stellte den Temperaturregler auf 95 Grad.

„40 Grad hat er gesagt, Mutti", rief ich schnell.

„95 ist besser", sagte meine Mutter. „Wegen der Läuse. Außerdem stinkt das Clownskostüm fürchterlich!" Da hatte sie Recht. Es roch wirklich ein bisschen nach Elefant.

Als der Clown Firlefanz am nächsten Tag nicht kam, um seine Wäsche abzuholen, sagte meine Mutter, dass ich ihm den Sack mit den frisch gewaschenen Klamotten zurückbringen solle.

Ich schickte Benno über unsere geheime Leitung an der Hauswand eine Nachricht und fragte, ob er mitkommen will. Er schrieb nur ‚ja‘ und da ging ich mit dem Sack nach draußen und da stand Benno auch schon bereit.

Der Clown freute sich, dass wir ihm sein Kostüm brachten und er war gerade dabei, ein Kamel zu scheren.

Ein Kollege von ihm hielt das Kamel vorne am Zügel und er ging mit einer Elektroschere um das Kamel herum und rasierte das Fell ab, sodass es ganz kurz war. Schnell lag dann da ein riesiger Haufen brauner Kamelwolle am Boden.

Da kam der Zirkusdirektor dazu und begrüßte Benno und mich und erklärte: „Kamelwolle ist sehr wertvoll. Aus Kamelwolle werden die teuersten Pullover der Welt gemacht."

Da hatte Benno eine Idee.

„Können wir etwas von der Kamelwolle haben, Herr Zirkusdirektor?", fragte Benno.

Der Zirkusdirektor überlegte und zwirbelte seinen Bart. „Was meinen Sie, Herr Firlefanz? Können wir den jungen Herren etwas von der Kamelwolle abgeben?"

Der Clown Firlefanz überlegte auch kurz. Dann antwortete er: „Ich glaube, ja, Herr Direktor. Die jungen Herren waren ja so freundlich und haben mein Kostüm gewaschen. Da können wir ihnen als Belohnung etwas von der wertvollen Kamelwolle abgeben. Sie können sogar alles mitnehmen, weil wir noch einen so großen

Vorrat haben, den wir ja an der Börse in New York verkaufen wollen. Und außerdem müssen wir morgen ja schon wieder abreisen."

„Oh, das ist großartig!", rief Benno und freute sich.

„Meine Mutter wird Augen machen. Die strickt sich einen wertvollen Kamelhaarpulli daraus. Das kann die."

Die Clowns packten die Kamelwolle in einen riesigen Plastiksack und den schleppten Benno und ich dann zu zweit heim zu Benno und trugen ihn runter in den Wäschekeller. Als wir den Sack öffneten, merkten wir erst, wie sehr die Kamelwolle stank. War uns draußen gar nicht so aufgefallen.

„Die müssen wir erst waschen", sagte Benno nachdenklich. „Sonst stinkt der Pulli ja fürchterlich."

„Aber bei 95 Grad!", sagte ich. „Wegen der Läuse."

„Oh ja! Da brauchen wir auch viel Waschpulver!", sagte Benno und füllte alle drei Fächer der Waschmaschine bis oben mit Waschmittel.

Dann stopften wir die ganze Wolle in die Wäschetrommel, bis nichts mehr reinging und dann wuschen wir die Wolle bei 95 Grad.

Wir haben dann oben in Bennos Zimmer Karten gespielt und total vergessen, die Wolle wieder rauszuholen und als die Mutter von Benno vom Einkaufen nach Hause kam und Bennos Fußballklamotten waschen wollte, haben wir gehört, wie sie im Keller laut geschrien hat. Ich weiß auch nicht genau, was eigentlich passiert war, aber es musste dann ein Klempner kommen, weil das Abflussrohr verstopft war und dann kam

noch ein Handwerker und der nahm die ganze Waschmaschine mit und Benno bekam eine Woche Hausarrest.

Auf der Kirmes

Benno hatte Glück. Kaum war der Zirkus weg, fing die Kirmes an und hinter unserer Schule wurden die Fahrgeschäfte und Buden aufgebaut.

Und weil alle Kinder auf die Kirmes gehen durften, wurde Bennos Hausarrest schon nach zwei Tagen für beendet erklärt.

Wir fuhren mit unseren Bonanza-Rädern nach der Mittagspause gemeinsam hin und stellten sie alle nebeneinander am Eingang ab, sodass jeder sehen konnte, dass wir hier waren.

Als erstes gingen wir zum Autoscooter.

Schnulle und ich teilten uns einen Scooter, Paule und Futzi und Micki und Benno teilten sich auch jeweils einen. Das war ein Riesenspaß. Wir rammten jeden, der uns in den Weg kam. Und plötzlich war da auch einer von den alten Mecker-Opas vom Garagenhof und der fuhr mit seiner kleinen Enkelin in einem Scooter.

Erst rammten Futzi und Paule ihn von der Seite, dann Schnulle und ich von hinten und als er sich umschaute, rammten ihn Micki und Benno von vorne. Da wurde der Mecker-Opa richtig hin- und hergeschüttelt und das kleine Mädchen fing an zu weinen und der Mecker-Opa schimpfte laut und dann kam einer von den Autoscooter-Leuten und sagte, dass wir verschwinden sollen.

Danach haben wir uns erst mal was zu essen gekauft. Geröstete Mandeln und Zuckerwatte und Lebkuchenherzen und mit weißer Schokolade überzogene Früchte.

Und Schnulle hat sich eine große Bratwurst und Pommes Frites mit Mayonnaise und Ketchup gekauft. ‚Pommes rot/weiß‘ hat das der Verkäufer genannt.

Danach sind wir mit der Raupe gefahren. Das war so ein Fahrgeschäft, wo alle hintereinander sitzen, und das Ding fährt im Kreis und wird immer schneller und mal geht es leicht bergauf und dann wieder bergab. Und als wir dachten ‚das war’s‘, fuhr die Raupe plötzlich rückwärts und da flogen Schnulle plötzlich die Pommes aus der Hand und landeten auf der Schulter von der Frau vor uns und die war dann richtig sauer, als wir anhielten. Und sie sagte zu Schnulle, dass er ein richtiges ‚Fickel‘ (Ferkel) sei. Das machte Schnulle aber nicht viel aus und er holte sich gleich eine neue Portion ‚Pommes rot/weiß‘ und ich auch, weil mir der Name so gut gefiel.

Wir probierten fast alles aus, außer das Riesenrad, das war zu langweilig. Und in der Geisterbahn, als unser Wagen durch eine Art ekliges Spinnennetz fuhr, stand ein Mitarbeiter von der Geisterbahn versteckt an der Wand und fasste jeden, der vorbeifuhr von hinten auf den Kopf und die meisten erschreckten sich und Futzi auch, und er erhob sich deshalb ruckartig und schmierte dem Mann dabei seine ganze Zuckerwatte ins Gesicht. Der fand das gar nicht lustig.

Und dann gingen wir zur Schießbude. Der Mann von der Schießbude fragte, wie alt wir sind und ob wir schon mal mit einem Luftgewehr geschossen hätten. Und als wir alle ‚ja, klar!‘ sagten, ließ er uns schießen. Man musste erst sagen, wie viel Schuss man haben will und auf was man schießen will. Und dann muss man auf die weißen Hülsen schießen, wo die Preise drinstecken, zum Beispiel Plastikblumen. Der Mann von der Schießbude spannte einem nach dem anderen ein Gewehr und dann hatte er gar keine Übersicht mehr, weil wir jetzt zu sechst gleichzeitig schossen. Ich wollte unbedingt einen von diesen großen Lollis schießen, die das Wappen von Fußballvereinen hatten. Die Lollis steckten auch in solchen Hülsen. Schnulle hatte dieselbe Idee, aber irgendwie hatte er nicht kapiert, dass man auf die Hülse schießen muss, denn er schoss mitten in den Lolli rein und der zersplitterte dann in tausend Stücke.

„Du musst auf die Hülse schießen, du dummer Junge!", schimpfte der Schießbuden-Mann ärgerlich, als Schnulle gerade einen 1. FC Köln-Lolli kaputtgeschossen hatte.

Aber da war es schon zu spät und ich hatte auch abgedrückt und einen FC Bayern-Lolli kaputtgeschossen. Im Gegensatz zu Schnulle allerdings absichtlich.

„Seid ihr denn alle so dumm? Passt gefälligst besser auf!", schimpfte der Mann.

Und gerade, als er das sagte, machte es schon wieder ‚klirr' und ein Schalke 04-Lolli ging in die Brüche. Diesmal war es Futzi auf der anderen Seite und der lachte ganz laut.

„Jetzt reicht's mir aber. Schluss jetzt mit dem Unfug!", schrie der Mann und wollte aus dem Wagen rausgehen, und da passte er nicht auf und lief direkt in die Schusslinie von Micki, als der gerade abdrückte.

„Autsch!", schrie der Mann laut und fasste sich vor
Schmerz ins Gesicht. Micki hatte ihm voll ins Ohrläppchen geschossen und er blutete gleich ganz ordentlich.
Der Mann war jetzt richtig sauer und Micki musste ihm
seinen Namen sagen und wo er wohnt, und der Mann
hat gesagt, dass er seinen Vater anrufen wird.
Das war dann nicht mehr so lustig und wir sind mit
einem ziemlich doofen Gefühl nach Hause gefahren.

Fahrraddiebe

Als Mickis Vater abends nach Hause kam, hatte der Mann aus der Schießbude schon angerufen und alles Mickis Mutter erzählt.

Seine Eltern schimpften nicht schlecht mit Micki. Er bekam eine deftige Gardinenpredigt zu hören. Den Mann von der Schießbude hatte aber am meisten geärgert, dass wir die Lollis kaputtgeschossen hatten. Und weil Micki seinen Eltern glaubhaft versichern konnte, dass der Schuss ins Ohrläppchen ein Versehen war, bekam er auch keine Strafe.

Aber seine Eltern bestanden darauf, dass Micki sich am nächsten Tag beim Mann von der Schießbude entschuldigen musste. Und sie ermahnten ihn, dass er sich ab jetzt keine Dummheit mehr erlauben könne, denn sonst dürfe er nicht mit in den Urlaub fahren und müsste zur Strafe bei seiner Oma bleiben.

Dann holte sein Vater eine Flasche Wein aus dem Keller und schrieb einen Brief dazu. Den Brief steckte er in einen Umschlag und Mickis Mutter wickelte die Flasche Wein in Geschenkpapier ein und machte ein paar schöne Schleifen dran.

„Den bringst du dem armen Mann morgen Nachmittag und entschuldigst dich für deine Dummheit", sagte Mickis Vater.

Am nächsten Tag fuhr Micki gemeinsam mit mir noch mal auf die Kirmes und wieder stellten wir unsere Bonanza-Räder am Eingang ab. Wir gingen direkt zu der

Schießbude, ohne uns vorher eine Pommes rot/weiß zu kaufen. Der Schießbuden-Mann hatte ein dickes Pflaster am Ohr und er erkannte uns gleich wieder.

„Ich möchte mich bei Ihnen entschuldigen", sagte Micki und stellte die Flasche Wein mit dem Brief auf die Theke, wo die Gewehre lagen.

„Mein Vater hat Ihnen auch etwas geschrieben", ergänzte Micki und der Mann nahm den Umschlag, riss ihn auf und las den Brief ganz interessiert. Als er fertig war, sagte er: „Ah ja, okay. Dass du etwas zurückgeblieben bist, hatte ich mir schon gedacht. Wobei ich glaube, dass der andere (da zeigte er auf mich) und der Dicke noch viel dümmer sind. Aber gut, ich will mal nicht so sein und euch verzeihen. Hier habt ihr jeder einen Fußball-Lolli."

Er gab jedem von uns einen FC-Bayern-Lolli, der so groß war wie eine Polizeikelle.

„Oh, toll", sagten wir. „Vielen Dank!"

„Kommt nächstes Jahr wieder, wenn ihr nicht mehr ganz so dämlich seid!", sagte der Mann.

„Ja, machen wir. Tschüss und vielen Dank!", sagten Micki und ich und dann gingen wir zurück zu den Rädern.

Als wir bei den Rädern ankamen, war das Batty Super von Micki aber nicht mehr da.

Wir schauten uns erst um. Vielleicht war es nur umgeparkt worden. Aber wir konnten es nirgendwo finden.

„Mein Rad ist geklaut worden! Mein Rad ist geklaut worden!", rief Micki verzweifelt.

„Der Dieb kann noch nicht weit weg sein", sagte ich.

„Er ist bestimmt damit Richtung Ort gefahren. Hier auf der Kirmes ist er sicher nicht. Hier sind zu viele Leute."

Weil auf einem Bonanza-Rad schlecht zwei Jungs gleichzeitig sitzen können, mussten wir uns aufteilen. „Ich fahre in den Ort und du kommst nach. Am besten du läufst oben herum beim Bäckerladen von Schnulles Eltern vorbei und dann treffen wir uns bei uns vor'm Haus", sagte ich.

„Alles klar", antwortete Micki und rannte los und ich gab auch Vollgas.

Unterwegs traf ich Paule, der mit dem Rad zu Futzi fahren wollte und ich erzählte ihm von dem Diebstahl. Paule schlug vor, dass er Futzi abholen würde, und dann würden sie gemeinsam nach dem Rad suchen. Ich hielt nach überall Ausschau. Aber keine Spur von dem Batty Super.

Eine halbe Stunde später kam ich zu Hause an und da standen auch schon Micki, Schnulle und Benno.

Als später auch noch Futzi und Paule eintrafen, beratschlagten wir uns.

„Ich kriege jetzt bestimmt richtig Ärger zu Hause", sagte Micki. Erst der kaputte Fußball, dann der Unfall mit dem Gewehr und jetzt das!

„So eine Gemeinheit! Wir müssen den Dieb finden", sagte Paule. „Lasst uns weitersuchen. Wir teilen uns auf, und wer den Dieb sieht, verfolgt ihn bis nach Hause und dann sagt er den anderen Bescheid."

So machten wir es und wir suchten, bis es dunkel wurde und wir nach Hause mussten. Aber keine Spur von dem schönen, neuen Bonanza-Rad.

Am Abend beichtete Micki seinen Eltern, dass jemand sein Rad geklaut hätte.
„Hattest du es denn abgeschlossen?", fragte sein Vater.
„Ja, mit dem Kettenschloss sogar", antwortete Micki.
„Dann hast du alles richtig gemacht. Dich trifft keine Schuld. Geh' jetzt ins Bett und morgen sucht ihr nach dem Rad. Es wird schon wieder auftauchen."
Da war Micki sehr erleichtert und bevor er einschlief, sprach er ein Nachtgebet: „Lieber Gott, mach' bitte so, dass der Dieb gefunden wird, und dass er dann eine fette Abreibung bekommt. Amen."

Auf der Suche nach dem Batty Super

Wir suchten den ganzen nächsten Tag nach Mickis Rad. Am Sandkasten vor unserem Haus war unsere Zentrale. Wir fuhren einzeln und manchmal auch zu zweit in alle Richtungen und alle 15 Minuten musste man zum Sandkasten zurückkommen und Meldung bei Benno machen. Der saß am Sandkasten und machte eine Liste der Straßennamen, auf denen wir überall gesucht hatten.

Nachdem wir ein paar Stunden vergeblich weitergesucht hatten, meinte Micki, dass wir unsere Taktik ändern müssten. Wir sollten nicht auf den Straßen schauen, sondern überlegen, wer als Verdächtiger in Betracht käme.

„Die Schablowskis!", sagte Futzi.

„Oder Doktor Schmiese. Dem traue ich das auch zu", meinte Schnulle.

„Könnte auch Rallo gewesen sein", überlegte Micki.

„Aus Rache für das verlorene Spiel."

Uns fielen einige Verdächtige ein. Sogar der Hausmeister unserer Schule, den wir immer ärgerten. Oder der Mecker-Opa vom Autoscooter.

Aber letztendlich waren wir uns einig, dass doch die Schablowskis die Hauptverdächtigen waren. Schließlich waren sie die einzigen, von denen wir wussten, dass sie das Rad kannten, und sie hatten ja sogar gesagt, dass wir gut aufpassen sollten. Und überhaupt waren die beiden die miesesten Typen, die wir kannten.

Also fuhren wir zum Haus der Schablowskis und beobachteten es aus sicherer Entfernung.

Das Garagentor war geschlossen.

„Ich gehe hin und schaue nach", sagte Micki mutig.

„Mach' es nicht", warnte Futzi. „Wenn die dich dabei sehen, kriegst du die Hucke voll!"

„Ihr müsst mir dann helfen. Wir sind immerhin sechs", sagte Micki.

„Aber wenn sie es doch nicht waren und du einfach so die Garage aufmachst und der Vater von den Schablowskis dich erwischt?", gab ich zu bedenken.

„Das ist mir egal. Dann lasse ich mir eine Ausrede einfallen. Ich muss das Rad wiederfinden. Wenn einer rauskommt, helft ihr mir", sagte Micki und er wirkte sehr entschlossen.

Mir war nicht sehr wohl dabei und den anderen ging es ähnlich, sogar Benno. Ich glaube, wir hatten alle Angst vor den Schablowskis.

Micki schlich sich in geduckter Haltung an der Hecke entlang. Das war eigentlich nicht nötig, denn die Hecke war viel zu hoch, aber egal, anschleichen ist immer gut. Dann schaute er vorsichtig um die Ecke in die Auffahrt zur Garage. Er blickte zu uns rüber und ich gab ihm ein Zeichen, dass die Luft rein ist und dann flitzte Micki ebenfalls in geduckter Haltung zum Garagentor und uns allen hat vor Aufregung das Herz ganz schnell gepocht. Wir konnten sehen, dass Micki am Griff vom Garagentor drehte und daran zog. Aber er bekam es nicht auf. Dann kam er zu uns zurück.

„So ein Mist!", sagte er. „Jetzt wissen wir nicht, ob es da drin ist oder nicht."

Danach fuhren wir zu Doktor Schmiese. Auch hier Fehlanzeige und genauso gegenüber am großen Miets-haus, wo die Mecker-Opas wohnten.

Da es schon spät war, gaben wir die Suche für heute auf. Wir beschlossen, von jetzt an wachsam zu sein und so-fort die anderen zu verständigen, wenn einem etwas Verdächtiges auffiel.

Aber auch in den nächsten Tagen passierte nichts. Viel-leicht hatte es der Dieb ja auch schon verkauft und das Rad war bereits weit weg.

„Da kann jetzt nur noch der Kommissar Zufall helfen", sagte Mickis Oma zu Micki als er ihr die Geschichte mit dem Rad erzählte.

Nur noch Schrott

Auf der anderen Seite unseres Ortes, ganz im Süden, war ein kleines Wäldchen, an dessen Rand ein Bach vorbeifloss. Und in dem Wäldchen war eine selbstgebaute Geländebahn für Fahrräder, die einmal im Kreis durch den Wald ging. Sie war etwa so lang wie einmal um einen Fußballplatz herum. Der Boden war aus hellem Sand, und der war schon ganz festgefahren, weil hier immer Jungs mit ihren Rädern Motocross spielten. Wenn wir nicht Fußball spielten, war das unser liebster Zeitvertreib im Sommer.

Die Geländebahn hatte viele kleine Kurven und ein paar Sprungschanzen. Da ging es erst etwas nach oben und dann fiel die Bahn steil ab, sodass man ein paar Meter in der Luft war, wenn man schnell war und genug Anlauf genommen hatte. Wir machten hier alle möglichen Arten von Wettrennen. Mal starteten wir alle zusammen, um zu sehen, wer als Erster ins Ziel kam.

Manchmal fuhren wir auch einzeln auf Zeit und manchmal fuhren auch nur zwei gegeneinander. Es gab oft spektakuläre Stürze, und wenn man nicht aufpasste, verbog sich schnell ein Reifen und dann war eine Acht drin.

Ein paar Tage nachdem Mickis Rad verschwunden war, fuhren wir in das Wäldchen, um auf der Geländebahn einige Runden zu drehen. Futzi wollte unbedingt als Erster auf der Geländebahn sein und deswegen gab er schon vor dem Wäldchen Gas und fuhr uns davon und wir alle hinter ihm her. Kaum war er im Wald, fuhr er direkt auf die Bahn, verschwand hinter der ersten Kurve, wo die große Sprungschanze war, und dann hörten wir ihn laut schreien.

Ich dachte erst, Futzi wäre gestürzt und fuhr schnell hinterher. Aber dann sah ich Futzi neben einem kaputten Bonanza-Rad stehen. Es war total verbogen und die Gabel war abgebrochen. Es war das Batty Super von Micki.

Der Dieb hatte es also nicht weiterverkauft, sondern im Wald einfach zu Schrott gefahren. So sah es zumindest auf den ersten Blick aus.

„So eine Gemeinheit. Das schöne Rad." Schnulle war richtig traurig.

„Wer macht so was? Das kann doch nur ein ganz mieser Schuft gewesen sein", sagte Micki und hob die vordere Hälfte des Fahrrads hoch.

„Das waren mit Sicherheit die Schablowskis", sagte Futzi und wir glaubten das auch.

Wir haben Micki dann geholfen, das zerteilte Fahrrad nach Hause zu schleppen.

Seine Mutter hatte die Hände über dem Kopf zusammengeschlagen und fast geweint. Wir haben ihr alle erklärt, dass es nicht Mickis Schuld war, und sie hat uns geglaubt und uns drinnen eine große Portion Spaghetti gemacht.

Als der Vater von Micki nach Hause kam, war der sehr böse und hat gesagt, dass er zu den Schablowskis rübergehen wird und mit deren Vater sprechen will und dass sie das Rad bezahlen müssten.

Aber Mickis Mutter hat gesagt, dass er ohne Beweis da nicht hingehen könne, sonst würden sie ihn nur auslachen, und Mickis Vater hat das eingesehen. Er hat sich dann ein Bier aufgemacht und sich wieder beruhigt.

Jede Menge Fische

„Wir brauchen einen Beweis", sagte Micki am nächsten Tag in der Schule, und wir beschlossen, am Nachmittag wieder in das Wäldchen zur Geländebahn zu fahren und nach Spuren zu suchen.

„Wir könnten Gipsabdrücke von den Reifenspuren machen", sagte Paule, als wir die Geländebahn untersuchten.

„Und die vergleichen wir dann mit denen von den Schablowskis!"

„Doofe Idee", sagte Futzi. "So etwas kann ja nur wieder von Paule kommen. Hier sind tausende von Spuren und die meisten sind von uns. Und was willst du den Schablowskis dann sagen? Hallo, dürfen mir mal einen Gipsabdruck von euren Reifen nehmen?"

„Dann mach' doch einen besseren Vorschlag, Blödmann!", sagte Paule.

„Selber Blödmann!", antwortete Futzi.

„Hört auf, euch zu streiten. Die Idee ist nicht schlecht. Aber wir brauchen eine bessere Spur", sagte Micki. Vielleicht haben sie hier etwas verloren. Wir gehen mal die ganze Bahn ab.

Also liefen wir einmal die ganze Bahn entlang und wir schauten auch an der Seite der Bahn und durchkämmten das Gebüsch. Aber wir fanden nichts außer einem 50-Pfennig-Stück und jede Menge Zigarettenkippen.

Enttäuscht gingen wir zurück und schoben unsere Fahrräder über die Brücke, die über den kleinen Bach führte.

Da fiel uns auf, dass der Bach voller Fische war, die alle stromaufwärts schwammen. Sie waren echt groß, mindestens so wie die Forellen, die man im Restaurant bekommt. Es müssen tausende gewesen sein. So etwas hatten wir hier noch nie gesehen.

„Die müssen wir fangen", sagte Futzi. „Ich hole zu Hause einen Kescher."

„Hat einer 'ne Angel?", fragte ich.

„Mit 'ner Angel kriegst du die nicht", sagte Micki. „Die muss man mit Pfeil und Bogen vom Ufer aus schießen!"

„Oder mit einer Harpune", sagte Benno.

Wir überlegten nicht lange und radelten nach Hause und holten alles, was geeignet erschien, um auf Fischfang zu gehen. Eine halbe Stunde später waren wir wieder alle an der Brücke.

Ich hatte von zu Hause Pfeil und Bogen geholt. Ich hatte einen schönen Fieberglasbogen und selbstgebaute Pfeile aus Schilfrohr, die vorne spitz geschnitzt waren. Micki hatte ebenfalls einen Bogen und richtig gute Pfeile aus dem Laden mit einer Eisenspitze. Futzi hatte einen Kescher, aber der kam mir etwas klein vor. Damit hatte er letztes Jahr im Löschteich mal einen Molch gefangen.

Benno hatte einen selbstgeschnitzten Speer und eine Schnur mitgebracht.

„Die Schnur befestigte ich an dem Speer. Dann ist es eine Harpune", erklärte Benno.

Paule hatte nur einen Eimer mitgebracht, weil er weder Pfeil und Bogen noch einen Speer hatte. Aber der Eimer war auch eine gute Idee, denn irgendwo mussten wir die erbeuteten Fische ja unterbringen.

Den besten Bogen hatte Schnulle. Der war größer als meiner und er hatte Aluminium-Pfeile, mit denen er richtig weit schießen konnte. Und während Benno noch seine Schnur an den Speer band, schoss Schnulle schon von der Brücke senkrecht runter in den Bach mitten in die vielen Fische. Er traf aber keinen und die Fische erschreckten sich nur und schwammen in alle Richtungen auseinander.

„So ein Mist. Jetzt muss ich ins Wasser steigen und den Pfeil rausholen", sagte Schnulle und ging nach unten ans Ufer.

Dann rannten wir alle nach unten und schossen wie verrückt auf die vorbeischwimmenden Fische. Aber keiner traf einen. Und es kamen immer mehr Fische angeschwommen und sie zischten nur so an uns vorbei.

„Ich gehe mit dem Kescher weiter oben ins Wasser und ihr treibt sie auf mich zu", sagte Futzi und rannte am Ufer ein paar Meter flussaufwärts, wo er mit seinen Gummistiefeln ins Wasser stieg. Der Bach war an der Stelle gerade so tief, dass das Wasser bis zum Rand der Gummistiefel reichte.

Benno wollte unbedingt den ersten Fisch fangen und warf seine Harpune ins Wasser. Sie war aber irgendwie zu groß. Er traf nichts und verscheuchte die Fische nur.

„Hab' einen!", rief Futzi plötzlich ganz laut und zog das Netz hoch, und da war wirklich ein schöner Fisch drin.

Wir rannten alle zu Futzi und Paule füllte den Eimer mit Wasser und Futzi ließ den Fisch vom Kescher in den Eimer.

„Was für ein schöner Fisch! Los, wir holen uns noch mehr!", sagte Micki.

„Treffer! Ich hab' auch einen!", rief Schnulle. Und tatsächlich! Der hatte doch glatt einen mit Pfeil und Bogen erwischt. Der war sogar noch etwas größer als der von Futzi, und er legte ihn ins Gras.

„Du musst von der Seite voll in den Schwarm schießen, wenn sie an dir vorbeischwimmen. Ganz flach schießen", erklärte mir Schnulle, und ich probierte es so wie er es erklärt hatte. Und da traf ich beim zweiten Schuss auch einen Fisch. Das war ein tolles Gefühl, wie der Fisch am Pfeil zappelte.

Und dann traf auch Micki einen und Futzi hatte jetzt auch raus, wie es geht, und zog mit dem Kescher einen Fisch nach dem anderen raus.

Als wir ungefähr zwanzig Fische gefangen hatten, machten wir eine Pause. Wir waren mächtig stolz auf uns.

„Was machen wir jetzt mit denen?", fragte ich.

„Die nehmen wir mit nach Hause und meine Mutter brät sie uns", sagte Benno.

„Wieso denn deine Mutter?", fragte Futzi. „Du hast selber ja gar keinen Fisch gefangen!"

„Dann brat' sie doch selbst. Weißt ja gar nicht, wie das geht", sagte Benno genervt.

„Wir können ja versuchen, sie selbst zu braten. Wir könnten hier ein Feuer machen und sie auf Stöcke aufspießen, so wie im Film", sagte Paule.

Dummerweise hatten wir aber keine Streichhölzer dabei, und daher beschlossen wir, die Fische dann doch zu Bennos Mutter zu bringen und sie zu fragen, ob sie sie uns braten könnte.

Und Bennos Mutter machte das tatsächlich für uns. Sie wusch die Fische, nahm sie aus und dann wendete sie die Fische in Mehl und briet sie in einer großen Pfanne.

„Passt auf, wegen der Gräten!", sagte sie als wir in der Küche bei Benno am Tisch saßen. „Die können im Hals steckenbleiben."

Die Fische hatten echt viele Gräten. Aber das machte uns nichts. Es waren die ersten selbstgefangenen Fische und sie schmeckten großartig.

„Wir können morgen noch mal doppelt so viele bringen, Mutti", sagte Benno.

„Morgen gibt es Schnitzel bei uns. Ihr könntet ja die Mutter von Futzi fragen, ob sie euch die Fische zubereitet", sagte Bennos Mutter.

„Oh ja", sagte Futzi. „Und dann machen wir ein Fisch-Wettessen. Ich gegen Schnulle. Schnulle bekommt seine Revanche für die Rumkugeln."

„Und Futzi kotzt diesmal die eigene Wohnung voll, hahaha!", lachte Paule und Futzi gab ihm unter dem Tisch einen Tritt gegen das Schienbein.

Da klingelte es an der Tür und Bennos Mutter öffnete. Sie kam mit der Bille zurück.

„Hat einer von euch eine Kappe verloren?", fragte Bille und hielt eine blaue Kappe mit einer Rolling Stones Zunge hoch.

Da haben wir uns alle so erschreckt, dass wir uns fast verschluckt hätten.

Micki stand auf und nahm Bille die Kappe aus der Hand. „Die gehört den Schablowskis. Wo hast du die denn gefunden?"

„Im Wäldchen, gleich ganz vorne an der Geländebahn, vorgestern Nachmittag, als ich nach euch gesucht habe. Ich wollte sie euch schon in der Schule geben, hatte es aber vergessen."

„Das ist ein eindeutiger Beweis!", rief Futzi.

„Beweis wofür?", fragte Bille.

„Dafür, dass die Schablowskis Mickis Rad auf der Geländebahn kaputtgefahren haben", antwortete Futzi.

Micki überlegte.

„Es beweist nur, dass sie dort waren. Aber theoretisch könnte auch jemand anderes das Rad kaputtgemacht haben. Und derjenige, der es kaputtgemacht hat, muss auch nicht zwangsläufig der Dieb gewesen sein."

„Das ist mir zu kompliziert", sagte Schnulle und nahm den letzten Fisch.

„Micki hat Recht", sagte ich. „Aber es ist doch ziemlich wahrscheinlich, dass ein Zusammenhang besteht."

„Wir müssen es herausfinden. Bloß, wie?", sagte Micki und steckte die Mütze ein.

Die Baustelle

Auf dem Weg zur Schule erklärte uns Micki am nächsten Morgen seinen Plan. Er würde bei den Schablowskis klingeln und sie fragen, ob sie etwas vermissen. Dann würde er ihnen die Kappe zeigen und ihnen sagen, dass die Kappe im Wäldchen gefunden worden sei, und dass jemand die Schablowskis dort beobachtet habe und jetzt zur Polizei gehen würde. Dann würden die Schablowskis Angst bekommen und von selbst gestehen.

„Guter Plan", sagte Paule.

„Klappt niemals!", meinte Futzi. „Die Tür geht auf und die Schablowskis hauen dir eins auf die Glocke. So wird's ablaufen!"

Benno und Schnulle hatten auch kein gutes Gefühl.

Aber Micki war fest entschlossen und so gingen wir nach der Schule zum Haus der Schablowskis.

Nachdem wir noch mal alles durchgesprochen hatten, klingelte Micki an der Tür und wir anderen standen ein paar Schritte hinter ihm. Aus dem gekippten Küchenfenster roch es nach Mittagessen.

„Riecht wie in der Pommesbude, nach Pommes rot-/weiß", sagte Schnulle und freute sich.

Da ging die Tür auf und Frau Schablowski stand vor uns. Sie hatte Lockenwickler in den lilafarbenen Haaren, eine Schürze um und eine Zigarette im Mund.

„Was willst du denn um die Mittagszeit? Hast du überhaupt kein Benehmen?", sagte sie zu Micki.

Der hielt ihr die Kappe entgegen.

„Guten Tag. Die Kappe gehört Ihren Jungs. Sind die da?"

„Ja. Gib her! Danke!", sagte Frau Schablowski und nahm ihm die Kappe aus der Hand.

Dann drehte sie sich um und rief nach oben in den ersten Stock: „Essen ist fertig!"

„Was gibt's denn?", rief eine Stimme zurück.

„Pommes!"

„Mit Muster?"

„Nee, ohne."

Dann knallte sie die Haustür einfach vor Mickis Nase zu.

„Hab' ich doch gesagt. Doofer Plan", sagte Futzi.

Micki war sichtlich enttäuscht.

„Das war echt doof. Konnte ja keiner wissen, dass Frau Schablowski selbst die Tür aufmacht."

„Vielleicht auch besser so. Lasst uns abhauen! Wir müssen uns was anderes überlegen", sagte Benno und wir gingen zurück zu uns.

„Ich wusste gar nicht, dass es Pommes auch mit Muster gibt", sagte Schnulle. „Wie die wohl schmecken?"

Auf dem Rückweg kamen wir an der Baustelle vorbei. Die Bauarbeiter waren echt schnell vorangekommen in den letzten Wochen, obwohl sie immer so viel Bier tranken, und jetzt stand schon das dritte Stockwerk. Wir setzten uns an den Rand der Baustelle und schauten den Bauarbeitern zu.

Ein Zementmixer fuhr heran und kippte seine Ladung ab. Die Bauarbeiter verteilten die Betonmasse und fuhren sie mit Schubkarren in das Gebäude hinauf in den dritten Stock. Da mauerten sie dann damit die Wände.

Aus einem offenen Fenster im ersten Stock warf ein Bauarbeiter Bretter nach unten. Da lag schon ein ganzer Haufen. Zwei andere Bauarbeiter standen draußen, rauchten und unterhielten sich. Dann ging der eine zu einem kleinen Toilettenhäuschen und verschwand darin für eine Viertelstunde. Etwas abseits stand ein Bauwagen. Da gingen auch immer wieder Bauarbeiter hinein und wieder hinaus und manchmal brachten sie von drinnen Werkzeug mit oder brachten es zurück.

„Der mit dem gelben Helm ist bestimmt der Chef von den Bauarbeitern", sagte Micki und deutete auf einen besonders großen und dicken Bauarbeiter mit einem gelben Helm.

„Wie kommst du darauf?", wollte Futzi wissen.

„Na ja, er gibt dauernd Kommandos und außerdem trägt er als einziger einen gelben Helm. Die anderen haben alle einen weißen Helm."

Das leuchtete ein.

Neben einem großen Sandhaufen stand ein Kettenfahrzeug, eine Art Bagger mit einer großen, breiten Schaufel vorne.

„Ich würde zu gerne mal mit dem Bagger fahren", sagte Paule.

„Geh' doch hin und frag' den Fahrer, ob er dich lässt!", sagte Futzi.

„Nein, ich meine abends. Alleine. Wenn die weg sind. Ich gehe hin und schmeiße das Ding an."

„Wie willst du das denn machen?", fragte ich. „Dazu brauchst du doch bestimmt den Zündschlüssel. Wie beim Auto."

„Den lassen die vielleicht über Nacht stecken", meinte Paule. „Oder sie verstecken ihn in dem Bauwagen. Ich glaube nicht, dass einer von den Bauarbeitern den Schlüssel für den Bagger mit nach Hause nimmt."

„Dann müssten wir in den Bauwagen kommen", meinte Micki.

„Gute Idee", sagte Futzi. „Wir brechen das Schloss auf."

„Aufbrechen ist einbrechen", sagte Benno. "Das ist bestimmt verboten."

„Wir müssen es ja nicht aufbrechen. Wir öffnen es einfach. Mit einem Dietrich. Wir basteln uns einen Dietrich und machen das Schloss auf", sagte Micki.

„Wo ist denn da der Unterschied?", fragte ich.

„Beim Aufbrechen ist das Schloss kaputt. Beim Öffnen aber nicht und keiner merkt, dass wir drin waren", meinte Micki.

„Ja, schon. Das Schloss bleibt heile. Aber es kommt doch darauf an, dass wir überhaupt da reingehen und was klauen", wandte ich ein.

„Wir klauen auch nichts. Wir leihen uns nur den Schlüssel aus und fahren mit dem Bagger. Ich kann daran nichts Verbotenes erkennen", meinte Micki.

„Wir müssen uns mal in Ruhe auf der Baustelle umschauen, wenn die Bauarbeiter weg sind."

„Aber da steht doch dieses Schild", sagte Schnulle und zeigte auf ein Schild. Dort stand: *Betreten der Baustelle verboten. Eltern haften für ihre Kinder.*

„Was soll das eigentlich bedeuten?", fragte ich.

„Dass deine Eltern bestraft werden, wenn du die Baustelle betrittst", erklärte Micki.

„Kriegen die dann Hausarrest?", fragte Futzi.

„Kann sein. Obwohl: Hausarrest heißt bei Erwachsenen Gefängnis", sagte Micki.

„Echt? Ich dachte Gefängnis wäre was Schlimmeres", sagte Futzi ungläubig.

Micki kam das auch komisch vor: „Vielleicht müssen die dann das reparieren, was wir vorher kaputtmachen. Aber ist ja auch egal, solange wir uns nicht erwischen lassen."

„Uns kann aber keiner erwischen, wenn wir erst hingehen, wenn die weg sind", meinte Paule und das überzeugte uns.

Wir beschlossen, dass wir uns nach Feierabend auf der Baustelle mal umsehen würden.

„Wenn einer kommt und uns fragt, was wir hier machen, dann sagen wir, dass wir die Bierflaschen aufsammeln wegen dem Pfand", hatte Futzi vorgeschlagen, und wir fanden, dass das eine glaubwürdige Erklärung sei.

Nachdem die Bauarbeiter Feierabend gemacht hatten, trafen wir uns wieder an der Baustelle.

Wir schauten uns erst etwas um und taten ganz unauffällig, und als wir das Gefühl hatten, dass die Luft rein war, betraten wir die Baustelle. Erst gingen wir um das

Gebäude herum und an dem Toilettenhäuschen vorbei. Das war jetzt zugekettet. Die Bauarbeiter hatten eine lange Kette, die durch den Türgriff führte, um das Toilettenhäuschen gewickelt und abgeschlossen. Wahrscheinlich, damit niemand es in ihrer Abwesenheit benutzen konnte.

Paule sprang auf den Bagger und versuchte die Tür zum Führerhaus zu öffnen. „Verschlossen. Mist!", sagte er und sprang wieder runter. „Aber innen sieht es aus wie bei einem Auto. Schaltknüppel, Bremse, Gaspedal und Kupplung. Müsste ich hinkriegen. Wenn ich den Schlüssel hätte."

Er ging rüber zum Bauwagen, aber auch der war mit einem Vorhängeschloss verschlossen.

„Das kriege ich mit einem Dietrich auf", meinte Micki. „Ich bringe morgen einen mit."

Paule war schon vorausgegangen und war durch den Eingang in das Haus gegangen.

„Was wird das eigentlich?", fragte er.

„Wahrscheinlich so ein großes Mietshaus, wie das von den Mecker-Opas", sagte Micki.

„Oh! Schaut mal, was ich habe!", sagte Schnulle und hob einen schönen Hammer vom Boden auf.

„Den lassen die hier einfach so liegen. Wahnsinn! Und da ist 'ne ganze Schachtel Nägel!", sagte ich und hob die Schachtel auf.

Wir entdeckten auf jeder Etage etwas, in fast jedem Raum. Als wir alle Räume durchstöbert hatten, hatten wir zwei Hämmer, eine Wasserwaage, mehrere Schachteln mit Nägeln und Krampen, eine Mörtel-Kelle und eine Schaufel und eine große Rolle mit einer bunten Schnur und jede Menge Bierflaschen, für die man Pfand bekam.

Die Hämmer nahmen wir mit. Die Nägel auch.

Und als wir wieder nach draußen gingen, kamen wir an dem Haufen Bretter vorbei, die der eine Bauarbeiter aus dem Fenster geworfen hatte.

Und da hatte Micki eine Idee:

„Hey! Wie wäre es, wenn wir eine eigene Baustelle hätten? Nur für uns!"

„Willste ein Haus bauen?", fragte Futzi.

„Kein Haus. Eine Bude. Aus den Holzbrettern hier."

„Und wo?", fragte ich.

„Na, bei uns gegenüber auf der Wiese. Wir brauchen die Bretter doch nur über die Straße zu schleppen."

„Das ist eine super Idee!", sagte ich.

Und dann überlegten wir, wie wir das anstellen würden und was wir bräuchten.

„Bretter, Hammer und Nägel", meinte Benno.

„Ein paar Pfosten noch für die Ecken. Wir holen uns alles von hier und tragen es rüber. Wir nehmen alles, was die Bauarbeiter wegschmeißen."

Noch vor dem Abendessen trugen wir so viele Bretter wie möglich von der Baustelle weg auf die Wiese, schräg gegenüber, und legten sie dort ab.

Baggerfahrt

Mit einem Mal waren das Bonanza-Rad und die Schablowskis vergessen und wir redeten auch am nächsten Tag in der Schule nur von unserer Bude.

Eine eigene Bude! Nur für uns. Da durfte sonst niemand rein. Und wir würden in der Bude sitzen und Quartett spielen und Limonade trinken.

Groß musste sie sein, damit sechs Jungs genug Platz drin hatten.

„Wir brauchen einen Eingang, den wir abschließen können", sagte Benno.

„Und sie braucht noch 'ne Etage, damit wir sie von oben gegen Angreifer verteidigen können", ergänzte Futzi.

Wir hatten nach der Schule alle einen Spaten von zu Hause mitgebracht und fingen an, in der Wiese die Grundfläche der Bude zu markieren und ein Fundament auszuheben. Benno hatte erklärt, dass die Bretter ‚Schalbretter' heißen, und wir fanden, dass es am besten sei, wenn jede Seite der Bude so lang wie zwei Schalbretter, also ungefähr vier Meter sein müsste.

„Vier mal vier Meter. Das sind wie viel Quadratmeter?", fragte Schnulle.

„Ungefähr fünfzehn", sagte Futzi.

„Sechzehn! Ganz genau sechzehn, du Esel!", sagte Paule. „Kannst wohl doch nicht so gut rechnen?"

„Dreisatz war noch nie meine Stärke", antwortete Futzi.

„Das ist doch kein Dreisatz, oder?", fragte mich Schnulle leise.

„Nein", antwortete ich. „Aber seine Unterhose gehört ja auch angeblich seinem Bruder."

Da mussten wir beide lachen.

„Gute Größe hat die Bude", befand ich. „Wir bauen ja noch eine Etage drauf und wir können theoretisch noch anbauen, wenn die Bude noch größer werden muss."

„Zum Beispiel, wenn wir einen Vorratsraum brauchen für Limonade und so", sagte Schnulle.

Als wir die Grundfläche mit unseren Spaten freigelegt hatten, begannen wir damit, an den vier Ecken der Bude Löcher auszuheben. Da kämen dann die Pfähle rein, und an den Pfählen würden wir die Bretter befestigen.

Da wir noch keine Pfosten hatten, mussten wir bis zum Feierabend der Bauarbeiter warten, um wieder auf die Baustelle gehen zu können. Nach dem Abendessen trafen wir uns wieder draußen und gingen auf die Baustelle.

Wir fanden genug Pfähle und trugen sie rüber zu unserer Baustelle. Da die Pfähle unterschiedlich lang waren, mussten wir sie erst zurechtsägen.

Das verschoben wir auf morgen, weil wir keine Säge hatten.

Dann sahen wir uns noch einmal auf der Baustelle um. Vielleicht hatten die Bauarbeiter ja noch etwas vergessen.

Wir fanden wieder eine Schachtel mit Nägeln und etliche leere Bierflaschen.

Da zog Micki etwas aus seiner Hosentasche.

„Schaut mal hier, ein Dietrich!"

„Oh, los, gib her!", sagte Paule und Micki gab ihm den Dietrich in die Hand.

„Mal sehen, ob ich das Schloss damit öffnen kann", sagte Paule und ging zum Bauwagen.

Der Dietrich passte und nachdem Paule ein bisschen an dem Schloss herumgefummelt hatte, sprang das Schloss plötzlich auf. Ich war echt überrascht, ich hatte das nicht erwartet. Wir gingen vorsichtig in den Bauwagen rein und schlossen hinter uns die Tür. Es roch nach Zigarettenqualm und Zement. In der Mitte stand ein Tisch mit ein paar Stühlen. Auf dem Tisch lag eine BILD-Zeitung. Auf der ersten Seite war ein Bericht über Evel Knievel, den Motorrad-Stuntman aus Amerika.

„Boah ey, Evel Knievel! Die nehme ich mit!", sagte Futzi und steckte die BILD-Zeitung ein.

Es lag jede Menge Krimskrams herum. Säcke mit Zement, Absperrband, Schaufeln und ein Metermaß und bestimmt zehn weiße Schutzhelme und jede Menge Bierflaschen.

Die Bauarbeiter waren wirklich unordentlich. Und dann sahen wir an der Wand ein Schlüsselbrett.

„Einer davon ist bestimmt für den Bagger", sagte Paule begeistert und nahm alle Schlüssel vom Brett, ungefähr acht oder neun.

„Du willst doch nicht wirklich mit dem Bagger fahren, oder?", fragte Benno.

„Doch! Ich will das ausprobieren. Nur mal das Führerhaus aufmachen, ans Steuer setzen und vielleicht den Motor starten, mehr nicht", sagte Paule.

Dann gingen wir raus und schlichen uns zum Bagger rüber. Der fünfte Schlüssel passte. Paule öffnete die Tür zum Führerhaus und setzte sich auf den Fahrersitz. Er fasste mit beiden Händen das Lenkrad an, bewegte es ein bisschen hin und her und dann berührte er den Schaltknüppel und mit den Füßen spielte er unten auf den Pedalen herum. Wir schauten ihm aufmerksam dabei zu. Und dann schaute er uns an, so als wollte er uns um Erlaubnis bitten. Und als keiner von uns was sagte, steckte er den Zündschlüssel ins Schloss, drehte ihn um und da machte es einen Rumms und der Motor des Baggers sprang an. Wir erschreckten uns alle und sprangen vom Bagger runter. Aber Paule blieb am Steuer sitzen und bediente einen Hebel. Da hob sich die Schaufel langsam nach oben und Futzi war vor Begeisterung ganz aus dem Häuschen, hängte sich mit den Armen an die Schaufel und ließ sich nach oben ziehen. Dann legte Paule den Hebel wieder zurück und die Schaufel senkte sich wieder und Futzi kam wieder auf den Boden zurück.

„Ich glaube, ich hab's raus", sagte Paule. Und dann drückte er mit dem Fuß aufs Gaspedal und der Bagger setzte sich langsam in Bewegung und fuhr nach vorne in den Sandhaufen, wo er stoppte, weil er nicht weiterkam, denn die Schaufel grub sich tief in den Sandhaufen und dann ging der Motor aus.

„Mist, abgewürgt!", sagte Paule. Er drehte den Zündschlüssel noch einmal um und ließ den Motor wieder an, aber er schaffte es nicht, den Rückwärtsgang einzulegen.

„Das gibt's doch nicht!", schimpfte er. „Das kann doch nicht sein! Verdammter Mist!"

„Lass' gut sein für heute!", sagte Micki. „Wir hauen besser ab. Die Karre macht ja einen furchtbaren Lärm."

Der Bagger war echt laut und der Lärm musste abends den Leuten in der Nachbarschaft auffallen.

Also gingen wir wieder zum Bauwagen zurück und verschlossen diesen wieder mit dem Dietrich.

„Der Bagger steckt voll im Sandhaufen", sagte Futzi. „Das fällt den Bauarbeitern morgen bestimmt auf."

„Ach was! Das peilen die nicht. Die denken nur, dass er etwas nach vorne gerollt ist", sagte Benno.

„Wie soll denn ein Kettenfahrzeug rollen?", fragte Paule.

„Ist doch egal", sagte Benno. „Und wenn schon! Dann denken die anderen Bauarbeiter halt, dass der Baggerfahrer ein Bier zu viel hatte und deswegen in den Sandhaufen gebrettert ist."

Dabei beließen wir es. Vielleicht könnte Paule ja morgen wieder etwas üben.

Wir waren sehr zufrieden mit uns.

Wir hatten ein eigenes Bauprojekt und mit der Baustelle eine unerschöpfliche Quelle an Material und durch den Dietrich Zugang zum Bauwagen. Eine ganz neue Welt hatte sich für uns aufgetan. Ein Abenteuerspielplatz, der sich jeden Abend nach Feierabend der Bauarbeiter nur für uns öffnete! Und Paule strahlte vor Glück als wir uns verabschiedeten.

Der Kuno

Am nächsten Tag regnete es und wir konnten nicht weiter an der Bude arbeiten.

Ich war gerade dabei, einen großen Käfer, den ich im Garten für meine Insektensammlung gefangen hatte, mit etwas Nagellackentferner zu betäuben. Da konnte ich hören, wie sich meine Eltern in der Küche unterhielten: „Es ist ja nur für ein Wochenende", sagte mein Vater.

„Das passt mir aber überhaupt nicht", antwortete meine Mutter.

„Du wirst sehen, es wird halb so schlimm. Er kann mit Willi spielen, vielleicht bringt er ihm sogar etwas bei. Ein bisschen Einfluss von einem älteren Jungen ist doch nicht schlecht."

„An uns bleibt es wieder hängen. Keiner will ihn bei sich haben. Er soll ein ganz schlimmes Kind sein. Frau Franzmeier hat erzählt, dass er schon zweimal von der Schule geschmissen worden ist."

Meine Mutter hörte sich sehr besorgt an.

„Ich kann es ihm aber nicht abschlagen. Er ist nun mal der Vorstand."

„Na gut. Aber das sage ich dir: Wenn dieser Konrad hier Ärger macht, war es das erste und letzte Mal!"

Jetzt war ich aber echt neugierig und ging in die Küche und fragte, über wen sie redeten.

Mein Vater erklärte es mir: „Morgen bekommen wir Besuch. Der Konrad kommt. Er ist der Sohn von einem sehr wichtigen Kollegen von mir und er bleibt über das

Wochenende. Er schläft oben im Dachgeschoss. Du kannst deiner Mutter nachher helfen, ein Bett herzurichten."

„Wie alt ist denn der Konrad?"

„Er ist vier Jahre älter als du und geht schon auf's Gymnasium. Er müsste 13 Jahre alt sein, vielleicht auch schon 14. Du kannst bestimmt eine Menge von ihm lernen."

„Kann er Fußball spielen?", wollte ich wissen.

„Ja, natürlich kann er das. Er soll sehr viele Talente haben. Ich glaube, er ist ein ganz witziger Kerl."

Da verdrehte meine Mutter die Augen und räumte weiter das Geschirr ein.

Später half ich meiner Mutter im Dachgeschoss mit dem Bett. Wir hatten oben ein großes Zimmer mit schrägen Wänden, wo wir immer spielten. Und mein Vater hatte da auch seinen Schreibtisch und saß da oft bis spät abends.

„Hier schläft der Konrad. Er geht wahrscheinlich etwas später als du ins Bett", sagte meine Mutter.

„Darf ich dann auch länger aufbleiben?", fragte ich.

„Ja, ausnahmsweise. Aber um zehn Uhr seid ihr beide im Bett, verstanden?"

„Warum ist der Konrad so schlimm?", fragte ich.

Da merkte meine Mutter, dass ich mitgehört hatte.

„Er ist nicht schlimm. Nur etwas, sagen wir ... lebhaft. Vielleicht ist er ja ganz nett. Du musst mir aber versprechen, dass ihr keinen Unsinn macht, okay?"

Sie reichte mir die Hand und ich schlug ein.

„Okay, ich verspreche es."

Samstagmittag nach der Schule hielt dann ein schöner, grüner Mercedes 450 SEL vor unserer Tür und mein Vater machte auf.

Ein älterer Mann und seine Frau stiegen aus und ein Junge, der mindestens einen Kopf größer war als ich. Er hatte glatte, braune Haare, fast bis auf die Schultern, und eine sehr lange Nase, die beinahe bis zum Mund runterging und er grinste gutgelaunt.

Der Mann begrüßte meine Eltern und gab meiner Mutter einen Blumenstrauß und mir eine Tafel Schokolade und ein nagelneues 5-Mark-Stück. Da war ich schwer beeindruckt.

Der große Junge gab mir gleich die Hand.

„Ich bin der Konrad, aber alle nennen mich Kuno. Ich habe schon viel von dir gehört. Freut mich, dich endlich kennenzulernen, Willi."

Das war ja eine tolle Begrüßung! Da fühlte ich mich sehr geschmeichelt. Der Kuno wirkte wie ein Mann von Welt oder sagen wir: wie ein Junge aus der großen Stadt.

„Zeig' dem Konrad sein Zimmer, Willi!", sagte meine Mutter.

„Komm' mit", sagte ich zu Kuno. „Du darfst oben in dem großen Zimmer schlafen."

Ich ging die Treppe voran und der Kuno ging mit seinem Koffer hinterher.

„Schönes Zimmer", sagte der Kuno, als wir oben ankamen und dann packte er seine Sachen aus.

„Und wo ist dein Zimmer?"

„Im ersten Stock. Ich zeig's dir."

Wir gingen danach in mein Zimmer. Der Kuno schaute sich interessiert um. Er stellte sich vor mein Bücherregal und betrachtete jedes Buch einzeln. Manche Bücher zog er heraus und blätterte kurz darin, dann steckte er sie wieder ins Regal. Er schaute auch kurz auf mein Aquarium und sagte: „Ah, ja, Kampffische. Sehr interessant!"

Dann warf er einen prüfenden Blick auf meinen Schreibtisch. „Wo sind deine Waffen?", fragte er.

Ich war total überrascht. „Was für Waffen?"

„Na, deine Waffen. Messer. Steinschleuder. Pfeil und Bogen. Speere."

„Ach so!" Ich zeigte ihm meinen Bogen. „Damit habe ich vor ein paar Tagen im Bach Fische geschossen", erzählte ich stolz.

Das gefiel dem Kuno. Er wollte es ganz genau wissen, und ich erzählte ihm die Geschichte und er hörte aufmerksam zu.

Als ich fertig war, erzählte er mir auch eine Geschichte. Von seinem letzten Urlaub. Da war er mit seinen Eltern in Afrika und von dort hatte er sich ein paar Waffen mitgebracht. Einen Massai-Speer, mit dem man sogar einen Löwen töten kann und eine Machete.

„Ich glaube nicht, dass mein Vater mir so etwas kaufen würde", sagte ich.

„Wenn du mal zu uns kommst, zeige ich dir meine Waffen. Ich habe zehn Fahrtenmesser und vier Taschenmesser. Und ein Luftgewehr. Damit erschieße ich manchmal Tauben, wenn sie mich zu sehr nerven. Hast du schon mal eine Taube geschossen?"

„Nein, noch nie."

„Es erfordert Übung. Man muss sie mitten in die Brust treffen. Meistens rollen sie dann nämlich in die Dachrinne und dort flattern sie noch, wenn sie nicht sauber getroffen wurden und dann merken es die Leute. Aber Übung macht den Meister. Und jetzt lass' uns nach draußen gehen. Ich will mich etwas umsehen und wissen, wo ich hier gelandet bin."

Der Schrecken der Nachbarschaft

„Hast du ein Fahrrad für mich?", fragte der Kuno.

„Wir fahren nämlich am besten mit den Rädern die Gegend ab. Dann kann ich mir schneller einen Überblick verschaffen."

„Du kannst das Rad von meinem Vater nehmen", sagte ich. „Er benutzt es selten und du müsstest schon groß genug sein."

Wir holten das Rad meines Vaters vom Garagenhof und ich schlug vor, zuerst zu meiner Schule zu fahren.

Vier Jahre Altersunterschied sind sehr viel, wenn man erst neun Jahre alt ist und ich hatte erst Angst gehabt, dass ich zu langweilig und zu jung für den Kuno sein würde. Aber Kuno hörte interessiert zu und stellte viele Fragen. Ich fand ihn von Anfang an sehr nett.

„Hast du auch ein Bonanza-Rad?", wollte ich wissen.

„Ja, natürlich", antwortete Kuno.

„Was für eines?"

„Es ist schon etwas älter. Mein Onkel aus Amerika hat es mir mal mitgebracht. Ein Schwinn Stingray, ein echter High Riser."

War irgendwie klar, dass Kuno ein besonderes Bonanza-Rad hatte. Ich hätte es ja zu gerne gesehen, dachte ich.

„Ich zeige es dir, wenn du mal zu mir kommst", sagte Kuno, als könne er Gedanken lesen.

„Hat das Rad einen Auspuff oder eine Sturmklingel?", wollte ich wissen.

„Nein. Nur ein fettes Katzenauge vorne. Original ist besser."

„Wo führt dieser Weg hin?", fragte er als wir wieder vom Schulhof gingen und zeigte in die entgegengesetzte Richtung.

„Der führt zum Kanal", sagte ich. „Da gehen wir normalerweise nicht hin. Unsere Eltern wollen nicht, dass wir da spielen."

„Kanäle sind aber sehr interessant", sagte Kuno. "Sie führen meistens zum Meer und verbinden kleine Orte mit der großen weiten Welt. Sie sind immer gut für ein Abenteuer. Lass' uns hinfahren!"

Also radelten wir zum Kanal. Auf der Brücke, die über den Kanal führte, stellten wir unsere Räder ab und schauten nach unten ins Wasser, ob wir ein paar Karpfen entdecken konnten.

In einiger Entfernung kam ein ganz langes Lastschiff angefahren. Es war so schwer beladen, dass es kaum noch aus dem Wasser herausschaute und es machte links und rechts richtig hohe Wellen.

Als es näherkam, konnten wir erkennen, dass in der Kajüte am Ende des Schiffs ein Mann am Steuer stand. Ich denke, es war der Kapitän. Und auf Deck etwas weiter vorne war ein anderer Mann. Der rauchte Pfeife und hängte gerade Wäsche an einer Leine auf, die quer über das Deck gespannt war.

Da ging der Kuno ein paar Schritte zur Seite, sodass er mittig über dem Schiff stand, und als das Schiff unter

der Brücke durchfuhr, öffnete er seine Hose und pinkelte in hohem Bogen von oben auf das Schiff runter und rief: „Achtung! Ostfriesendusche!"
Der Mann, der die Wäsche aufhing, bekam alles ab und schimpfte ganz laut auf Holländisch.

Ich glaube, ich habe noch nie so gelacht und der Kuno kriegte sich vor Lachen auch kaum noch ein.
„Musst du auch? Da kommt schon das nächste Schiff von der anderen Seite", sagte Kuno.
Ich musste zwar nicht, konnte aber, und als das Schiff unter uns durchfuhr, pinkelte ich auch auf das Schiff. Da machte es auf einmal ganz laut ‚Pling!' neben mir und der Kuno rief „In Deckung!" und zog mich hinter den Brückenpfeiler.
Da machte es wieder ‚Pling!' und dann lugte ich um den Pfeiler und konnte sehen, dass der Kapitän vom Schiff mit einer Steinschleuder auf uns schoss. Die Steine flogen an das Eisengeländer der Brücke und das machte dieses Geräusch.
Als das Schiff außer Schussweite war, traten wir wieder hervor.
„Holtradi-Jodel!", rief Kuno und pfiff durch die Zähne. „Das war knapp! Ich wurde schon oft beschossen. Ich hatte vergessen, dich zu warnen. Mit diesen Kapitänen ist nicht zu spaßen. Die sind schon viel in der Welt herumgekommen. Manche sind schon zur See gefahren und wer weiß, vielleicht haben sie sogar schon mit Piraten gekämpft. Die finden es nicht lustig, wenn man ihnen auf den Kopf pinkelt. Ich glaube, du hast

ihn voll erwischt." Dabei klopfte er mir anerkennend auf die Schulter.

„Wenn die so gefährlich sind, wieso ärgerst du sie dann so?", fragte ich.

„Weil es Spaß macht", sagte Kuno und stieg wieder auf sein Rad.

Ich war sehr beeindruckt und musste das eben Erlebte erst einmal sacken lassen. Wenn ich vor etwas Angst hatte oder wusste, dass es gefährlich war, dann ließ ich es bleiben. So hatte ich es gelernt. Aber Kuno tat es dann erst recht. Mann, oh Mann, das war ja mal ganz was Neues!

Da hörten wir plötzlich Eiswagenmusik und der Wagen vom Eismann hielt vor uns an der Straße.

„Ich spendiere ein Eis", sagte Kuno und wir hielten an und stellten die Räder ab.

„Ein Eis mit drei Kugeln in der Waffel", sagte ich.

„Erdbeer, Schokolade und Vanille bitte."

Der Eismann machte drei Kugeln und reichte mir meine Waffel.

„Und du?", fragte er den Kuno.

„Dreimal Schokolade bitte."

„Im Becher oder in der Waffel?", fragte der Eismann.

„In die Hand bitte", sagte Kuno und streckte dem Eismann beide Hände entgegen, die er wie einen Becher gefaltet hatte.

Der Eismann schaute ganz verwirrt. Dann sagte er: „Na gut, wenn du willst. Selbst schuld."

Dann gab er dem Kuno drei Kugeln Schokolade in die Hand und der fing an sie abzulecken wie ein Hund.

„Macht eine Mark und zwanzig Pfennig", sagte der Eismann und schaute Kuno an.

„Mein Geld steckt in der Hose", sagte der. „Und ich komme da jetzt nicht ran, weil Sie mir das Eis ja unbedingt in die Hand geben mussten. Selbst schuld."

Da ärgerte sich der Eismann und sagte zu mir: „Dann zahl' du, bitte."

„Ich habe aber kein Geld einstecken", sagte ich. „Wir müssen warten, bis er sein Eis gegessen hat."

„Ihr verdammten Rotzlöffel", sagte der Eismann und ich glaube, dass er gerade aus dem Eiswagen gehen wollte, um uns ein paar Ohrfeigen zu geben, aber da kamen zum Glück zwei Mädchen und bestellten sich auch ein Eis.

Und während der Eismann die beiden Mädchen bediente, hatte Kuno sein Eis aufgegessen und legte dem Eismann eine ganz klebrige Zwei-D-Mark-Münze hin und der musste sie erst mit einem nassen Lappen sauber machen.

Ich glaube, der war sehr wütend auf uns.

„Wohin jetzt?", fragte Kuno.

Es war Nachmittag um drei und da gab es oft Kuchen bei uns zu Hause. Also schlug ich vor, dass wir zu Hause Kuchen essen gehen könnten.

„Sehr gute Idee", sagte Kuno.

„Ich liebe Kuchen. Am liebsten Käsekuchen."

Vorher mussten wir die Fahrräder zurück in die Garage stellen und da kamen wir nun von der anderen Seite am Haus von dem fiesen Doktor Schmiese vorbei. Dieser war gerade aus seinem Auto gestiegen und schloss die Haustür auf.

Als wir die Räder in die Garage stellten, erzählte ich Kuno die Geschichte von dem Fußball, die kürzlich passiert war.

„Was? Das habt ihr euch doch nicht etwa gefallen lassen? Habt ihr euch nicht gerächt?", wollte er wissen.

„Wie denn?", sagte ich und ich schämte mich fast etwas, weil wir nichts unternommen hatten.

„So ein Typ darf nicht ungestraft davonkommen. Achtung! Tretmine!", rief Kuno und zog mich auf die Seite.

Ich wäre fast in einen riesigen Hundehaufen getreten.

„Holtradi-Jodel! Was für ein riesiger Haufen!", sagte Kuno. „Gibt es hier Elefanten? Haha, kleiner Witz!"

„Der ist bestimmt von dem Bernhardiner von einem der Mecker-Opas hier aus dem Haus", sagte ich.

„Ich habe eine Idee", sagte Kuno. „Komm mit!"

Er ging rüber zu den Mülltonnen am Haus der Mecker-Opas und öffnete ein paar Mülltonnen, bis er genügend Zeitungspapier und ein Stück Pappe beisammenhatte.

„Pass' gut auf!", sagte er. „Das wird ein Spaß!"

Mit einem zusammengerollten Stück Zeitungspapier schob er den riesigen, dampfenden Hundehaufen auf die Pappe. Dann ging er damit Richtung Haus von Doktor Schmiese.

„Du versteckst dich da drüben hinter der Hecke", sagte er und ich lief rüber auf die andere Straßenseite und ging dort in Deckung.

Kuno ging vorsichtig vor die Haustür und legte die Pappe mit dem Hundehaufen direkt vor der Tür auf der

Fußmatte ab. Dann knüllte er ein paar Blätter Zeitungspapier zusammen und legte sie auf den Hundehaufen, sodass dieser ganz bedeckt war.

Anschließend schaute er sich vorsichtig um, ob ihn jemand sehen konnte. Dann zog er ein Feuerzeug aus der Tasche, zündete das Zeitungspapier an, das sofort lichterloh brannte, klingelte an der Tür, rief ganz laut ‚Feuer-Alarm!' und versteckte sich hinter dem Auto von Doktor Schmiese.

Kaum hatte er sich geduckt, ging auch schon die Tür auf und Doktor Schmiese stand am Eingang. Erst blickte er geradeaus, sah niemanden, wollte schon wieder umkehren, doch dann roch er den Qualm, schaute nach unten, sah das Feuer und versuchte sofort, es mit seinen Hausschlappen auszutreten. Aber er trat natürlich mitten in den dicken Hundehaufen und er hat gleich gespürt, dass da was nicht stimmt, weil er fast ausgerutscht ist und dann hat er laut herumgeschrien und seine Frau kam angelaufen und seine Töchter und alle schrien wie wild herum und dann kickte Doktor Schmiese seine Schlappen voller Wut weg in den Vorgarten und schlug die Tür von innen zu.

„Haha! Was für ein schöner Spaß!", rief der Kuno, als er zu mir rübergeflitzt kam und er freute sich und ich musste schon wieder so lachen wie vorhin.

„Ich glaube, ich habe noch nie so etwas Witziges gesehen", sagte ich zu Kuno.

„Ich verstehe gar nicht, wieso wir das nicht auch schon längst gemacht haben."

„Er hat es verdient. Das Problem ist bloß: Er weiß nicht unbedingt, dass es was mit eurem Fußball zu tun hat, weil das schon ein paar Tage her ist, verstehst du?"

„Nein."

„Na, wenn man sich an jemandem rächt, ist es besser, wenn der weiß, wofür er bestraft wird. Wenn dieser Doktor Schmiese wüsste, dass er wegen des Fußballs seine Strafe bekommen hat, dann würde er in Zukunft netter sein und euch den Ball lieber heile zurückgeben, weil er Angst hat, dass ihm wieder was Dummes passiert."

„Ah, jetzt verstehe ich. Aber so ist es doch eigentlich auch ganz gut. Er weiß nicht, warum er bestraft worden ist, und jetzt wird er nachdenken und weil er ein schlechter Mensch ist, gibt es vielleicht viele Gründe, warum sich jemand an ihm rächen wollte, und vielleicht merkt er das jetzt und ändert sich."

„Kann auch sein", sagte Kuno. „Merke dir trotzdem: Wenn du dich an jemand rächen willst, solltest du dir vorher immer überlegen, ob der den Zusammenhang erkennen soll oder nicht. Wenn man jemanden etwas abgewöhnen will, sollte der den Zusammenhang erkennen. Wenn man nicht verdächtigt werden will, ist es besser, der andere erkennt den Zusammenhang nicht."

„Ihr kommt genau rechtzeitig", sagte meine Mutter. „Es gibt Käsekuchen. Wart ihr auch schön brav, Kuno?"

„Sehr brav sogar. Willi hat mir seine Schule gezeigt. Eine wirklich schöne Schule", sagte Kuno und er sah dabei so aus, als meinte er das wirklich ernst, dass er sehr brav war. Für seine Verhältnisse natürlich.

Am späteren Nachmittag zeigte ich Kuno die Baustelle und erzählte von unserer Bude und der Kuno kannte sich richtig gut aus und erklärte mir, was die Bauarbeiter als nächstes bauen würden, und er meinte, dass es erst richtig interessant werden würde, wenn die ganzen Rohre und Kabel verlegt werden würden und wenn die Bauarbeiter die Bäder einbauen.

„Da könnt ihr euch ein Klo klauen, für eure Bude. Das wäre lustig. Würde ich dann aber draußen hinstellen, sonst stinkt's innen", sagte Kuno, und dann hob er einen vollen Zementsack hoch und stemmte ihn über dem Kopf. Ich versuchte es nachzumachen, konnte ihn aber nicht mal richtig anheben.

Er erklärte mir, dass er zum Judo und Karate geht und dass es dabei nicht nur auf Kraft und Technik ankommt, sondern, dass man auch miese Tricks draufhaben muss, wenn man gewinnen will.

„Vor einem wichtigen Judo-Kampf esse ich immer Knoblauch und putze mir drei Tage lang nicht die Zähne, damit ich richtig schön Mauldampf habe."

„Wozu ist das gut?", fragte ich.

„Wenn dein Gegner dich in den Schwitzkasten nimmt und würgt, hauchst du ihn einfach nur an und dann lässt er dich ganz schnell wieder los, weil er den Gestank nicht ertragen kann. Und umgekehrt, wenn du ihn im Schwitzkasten hast, dann hauchst du ihn auch wieder an und dann schlägt er freiwillig ab, weil er lieber verliert als den Gestank zu ertragen."

„Das ist ja genial!", sagte ich beeindruckt. „Kannst du mir nicht ein paar solche Tricks beibringen?"

Kuno überlegte.

„Ja, pass' auf! Ich zeige dir etwas Nützliches für den Alltag: Wie man sich gegen Schubser wehrt. Du bist doch bestimmt schon mal geschubst worden."

„Ja, schon oft."

„Also, schau'! Ich bin der Schubser."

Er stellte sich vor mich hin und schubste mich in Zeitlupe mit beiden ausgestreckten Armen. Er machte das zwar ganz langsam, aber trotzdem bin ich fast umgefallen.

„Wenn dich einer so von vorne schubst, nimmst du deine beiden Arme zwischen seinen Armen nach oben und packst ihn an seinem Hals. Mach' mal!"

Ich nahm beide Arme zwischen seinen Armen nach oben und griff seinen Hals.

„Siehst du", sagte Kuno. „Und jetzt kannst du ihn entweder würgen oder auch noch gleichzeitig mit deinen Armen seine Arme runterdrücken. Und wenn du richtig gemein sein willst, könntest du mir sogar noch mit dem Kopf gegen die Brust stoßen. Das tut dann richtig weh."

Wir übten das ein paar Mal, bis ich es richtig gut konnte, und da sagte Kuno: „Ich glaube, du hast es jetzt drauf. Das nächste Mal, wenn dich einer schubst, machst du ihn platt!"

Ich war mir da nicht ganz so sicher, aber mit einem Mal hatte ich ein ganz gutes Gefühl.

Abends durfte ich dann länger aufbleiben und sogar einen Western anschauen, weil Kuno länger aufbleiben durfte.

Und als ich zu Bett ging, hatte ich plötzlich eine Idee: Wenn einer so stark und furchtlos ist und so viele Tricks kennt wie der Kuno, und auch mich jetzt niemand mehr schubsen kann, was würde dann wohl passieren, wenn wir morgen zufällig auf die Schablowskis treffen würden?

Die Abreibung

„Im Dorf ist heute Flohmarkt. Direkt neben der Kirche", sagte meine Mutter beim Frühstück.

„Habt ihr Lust hinzugehen?"

Ich wollte schon ‚nein' sagen, aber Kuno war schneller.

„Au ja! Tolle Idee. Ich liebe Flohmärkte", freute er sich.

Und meine Mutter freute sich auch, dass sie uns dann nicht im Haus hatte.

Nach dem Frühstück gingen wir gleich los.

„Auf Flohmärkten muss man früh sein", erklärte Kuno.

„Sonst sind die besten Sachen weg."

Es war echt erstaunlich, wofür sich der Kuno so alles auf dem Flohmarkt interessierte. Da war zum Beispiel ein dreiarmiger Kerzenständer aus Silber. An dem wäre ich glatt vorbeigelaufen. Der war auch schon ganz schmutzig. Aber Kuno betrachtete ihn wie einen Schatz und kaufte ihn dem Händler für drei D-Mark ab, ohne groß zu feilschen.

„Drei D-Mark für so einen ollen Kerzenständer?" Ich war total verwundert.

„Oh, das ist kein oller Kerzenständer", sagte Kuno. „Das ist ein Teil eines Silberschatzes. Vielleicht hunderte Jahre alt und vielleicht sogar aus dem Besitz eines Schlossherrn oder eines Raubritters. Der wird zu Hause schön poliert und dann bekommt er einen besonderen Platz in meinem Zimmer. Und wenn du mal zu mir zu Besuch kommst und wir einen Eid schwören müssen, dann kommen drei Kerzen rein und wir machen das

Licht aus und zünden sie an. Das wirkt dann sehr feierlich."

Das stimmt, dachte ich. Und plötzlich sah ich den Kerzenständer auch mit anderen Augen.

„Was für ein Eid könnte das denn sein?", fragte ich neugierig.

„Na ja, meistens schwört man, dass man dichthält und ein Geheimnis nicht verrät. Wir könnten schwören, dass wir noch nie etwas von einem Doktor Schmiese gehört haben."

„Haben wir ja auch nicht", sagte ich und Kuno lachte verschwörerisch und gab mir einen Knuff gegen die Schulter.

An einem anderen Stand saß hinter einem Tisch ein alter Opa, der ganz verschiedene Dinge auf einem Tisch ausgebreitet hatte, zum Beispiel ein altes Bild von einem Hirsch, einen Bierkrug und ein Gebiss.

Da lag auch eine Brille mit einem ganz dicken Rahmen und die Gläser waren so dick wie der Boden von einem Schnapsglas.

„Holtradi-Jodel!", sagte Kuno. „So eine Brille habe ich schon immer gesucht."

Kuno nahm die Brille und setzte sie auf. Sie war viel zu groß und seine Augen sahen so riesig aus wie Billardkugeln.

„Was kostet die?", fragte Kuno den Opa.

„Eine Mark", sagte der Opa.

„Das ist sie mir wert", sagte Kuno und gab dem Opa eine Mark.

„Können Sie mir die Brille bitte einpacken?", fragte Kuno.

„Warte, mein Junge. Ich habe noch ein altes Etui. Das kannst du haben", sagte der Opa und gab Kuno ein Etui für die Brille.

„Das hat sich gelohnt", sagte Kuno und freute sich. „Da werden die morgen im Mathe-Unterricht Augen machen, wenn ich die Brille aufsetze. Das wird ein Spaß!"

Am Ende kaufte Kuno noch ein Kugellager bei einem Mann, der Eisenschrott verkaufte.

„Ich weiß zwar noch nicht, wozu ich es verwenden werde, aber ich werde es auch erst einmal schön polieren und ölen. Man weiß nie, wozu man nicht doch einmal ein Kugellager brauchen kann."

Von seinen letzten zwei Mark kaufte Kuno einen alten Hammer und schenkte ihn mir.

„Jeder Junge sollte einen Hammer haben. Und du brauchst jetzt einen für eure Bude."

Als wir wieder nach Hause kamen, sagte meine Mutter, dass es in einer Stunde schon Mittagessen geben würde und dass danach die Eltern von Kuno kommen würden, um ihn abzuholen.

Jetzt oder nie, dachte ich. Sonst ist es zu spät.

„Du, Kuno", sagte ich. „Da ist noch eine Geschichte, die ich dir schnell erzählen muss."

„Schieß los!", sagte Kuno. „Ich verstaue noch schnell meine Schätze und du erzählst mir, was los ist."

Und dann erzählte ich Kuno von den Schablowskis und dem Batty Super und dass wir glauben, dass es die Schablowskis geklaut und kaputtgemacht hatten und dass wir gegen die beiden keine Chance hätten, weil die zu stark sind.

Kuno schaute auf seine Armbanduhr: „Wenn wir schnell sind und Glück haben, schaffen wir es rechtzeitig zurück. Los, komm!"

Wir gingen zu Fuß, es waren keine fünf Minuten bis zum Haus der Schablowskis. Mir war plötzlich etwas mulmig, weil ich nicht damit gerechnet hatte, dass Kuno sofort loslegen wollte.

Aber jetzt war es zu spät und da standen wir auch schon vor dem Haus der Schablowskis, und wenn ich ehrlich bin, hatte ich etwas weiche Knie und ein ganz flaues Gefühl im Magen.

„Brauchen wir nicht einen Plan?", fragte ich Kuno. Ich hatte irgendwie Angst und wollte wahrscheinlich nur Zeit gewinnen. Micki hätte sicher erst einmal einen Plan gemacht. Und sogar Benno. Und Futzi hätte auch wieder irgendwelche Bedenken gehabt.

„Pläne sind was für Angsthasen. Auf geht's!", sagte Kuno und betrat die Einfahrt und ich ging hinterher. Das Garagentor war offen. Es stand kein Auto drin. Vielleicht waren sie gar nicht zu Hause? Aber aus der Küche roch es wieder nach Essen.

Kuno klingelte, die Tür ging sofort auf und Schablowski 1 mit der Kappe stand in der Tür und sagte: „Wir kochen gerade. Was willst du, du Spacko?"

„Ist er das?", fragte mich Kuno.

„Ja", antwortete ich und Kuno packte den verdutzten Schablowski 1 am Kragen und am Arm, zog ihn mit einem kräftigen Ruck aus der Tür und warf ihn die Treppenstufen runter in die Einfahrt, wo er fast auf mich drauffiel. Danach ging Kuno einfach ins Haus rein.

Ich wusste gar nicht, was ich machen sollte.

Draußen mit dem Schablowski 1 allein, der sich vor Schmerz auf dem Asphalt hin- und herrollte, war auch keine gute Idee und so lief ich Kuno schnell hinterher und Kuno ging direkt in die Küche, wo Schablowski 2 gerade Kartoffeln schälte. Der war total überrascht, als er uns sah und stand nur mit offenem Mund da und da nahm Kuno eine große, grüne Salatgurke vom Tisch und schlug sie ihm so fest auf den Kopf, dass sie abbrach.

„Hab' ich dich, du Fahrraddieb!", sagte Kuno, drehte dem Schablowski 2 den Arm auf den Rücken, drückte ihn auf den Tisch und mit der freien Hand spritzte er ihm eine ganze Tube scharfen Senf, die auf dem Tisch lag, ins Gesicht und Schablowski 2 fing an zu weinen.

Da sprang plötzlich Schablowski 1 von hinten auf mich drauf und riss mich um, sodass wir beide auf den Boden fielen. Aber sofort packte ihn der Kuno und während Schablowski 2 sich in der Spüle den Senf aus dem Gesicht wusch (der brannte ganz schön in seinen Augen) fesselte ich Schablowski 1 ganz schnell die Hände mit dem Gürtel aus seiner Schürze, während Kuno ihn festhielt.

Als Schablowski 2 endlich wieder sehen konnte, war es auch für ihn zu spät und auch er wurde von Kuno überwältigt und von mir gefesselt, diesmal mit seinen eigenen Schnürsenkeln, die ich ihm aus den Schuhen zog.

„Unsere Eltern kommen gleich nach Hause. Dann könnt ihr was erleben, ihr verdammten Schweine!", brüllte Schablowski 1, der gefesselt auf dem Boden saß.

„Hier wird nicht geflucht, Speckbacke!", sagte Kuno und gab ihm eine Backpfeife und da fing Schablowski 1 auch an zu heulen. Ich glaube, auch aus Wut.

„Ihr seid Fahrraddiebe. Ich rufe jetzt die Polizei", sagte Kuno. „Wo ist das Telefon?"

"Wir haben es nur ausgeliehen. Wir wollten es zurückgeben. Ich schwör's! Bitte ruf' nicht die Polizei", flehte Schablowski 2.

„Und wieso habt ihr es dann kaputtgemacht?", wollte Kuno wissen.

„Das waren wir ja gar nicht."

„Wer dann?"

„Gustav, Zanke und Fiete. Die waren das! Die haben uns im Wald mit dem Rad erwischt und haben es uns weggenommen", heulte Schablowski 2.

„Und vorher haben sie uns auf die Fresse gehauen und meine Kappe weggenommen", schluchzte Schablowski 1.

Da hörten wir draußen ein Auto in den Hof fahren. Die Schablowski-Eltern kamen zurück. Jetzt aber nichts wie weg!

„Glaubst du den Strolchen die Geschichte?", fragte mich Kuno schnell.

„Ja", sagte ich, denn das mit der Kappe schien zu stimmen.

„Danke, Willi!", stöhnten die beiden Schablowskis erleichtert.

Kuno beugte sich zu den beiden gefesselten Schablowskis runter: „Ihr beide seid von heute an ganz artig! Wenn der Willi mir auch nur ein einziges schlechtes Wort über euch berichtet, komme ich wieder und dann lernt ihr mich richtig kennen, verstanden?"

„Ja, verstanden", sagten die beiden Schablowskis und heulten weiter.

„Okay, los, Willi! Wir gehen hinten raus", sagte Kuno und wir rannten erst schnell durch den Flur zur Gartentür und dann durch den Garten und dort verschwanden wir durch die Hecke.

„Das war ja eine Meisterleistung!", sagte ich völlig außer Atem.

„Kinderspiel!", sagte Kuno. „Jetzt kennen wir ja sogar die ganze Geschichte. Aber wer ist denn dieser Gustav?"

„Den kenne ich nicht. Aber ich habe schon schlimme Geschichten über den gehört."

Zu Hause angekommen, öffnete meine Mutter die Haustür. „Ihr seid ja pünktlich wie die Post!", sagte meine Mutter.

Und nach dem Essen kamen schon die Eltern von Kuno und fragten als erstes, ob er sich auch wirklich gut benommen hat.

„Einen ganz lieben Jungen haben Sie da. So gut erzogen. Höflich und pünktlich. Er darf jederzeit gerne wieder zu uns kommen", sagte meine Mutter und strahlte dabei.

„Au ja!", rief ich erfreut. „Am besten gleich nächstes Wochenende!"

„Na, so schnell nun auch wieder nicht", sagte der Vater von Kuno und streichelte ihm stolz über den Kopf.

„Aber wenn ihr euch so gut versteht, dann vielleicht bald wieder. Und du darfst natürlich auch gerne mal zu uns kommen."

Kuno holte seinen Koffer, schüttelte jedem die Hand und verabschiedete sich ganz höflich. Als er sich umdrehte, sah ich, dass hinten auf seinem Hemd ein Handabdruck aus Senf klebte.

Als Kuno weg war, fuhr ich sofort zu Micki und erzählte ihm alles.

„Das ist ja eine tolle Geschichte! Schade, dass ich nicht dabei war. Ihr habt mein Fahrrad gerächt. Aber Gustav, das wird schwer. Wir brauchen einen Plan."

„Brauchen wir nicht", sagte ich.

„Warum nicht?"

„Pläne sind was für Angsthasen!"

Die Bude

Am Montag in der Schule erzählte ich den anderen Jungs, was ich mit Kuno am Wochenende erlebt hatte. Ich erzählte es gleich vor der ersten Stunde und dann erzählte ich es in der großen Pause noch mal ganz ausführlich.

Die konnten das alles kaum glauben. Die Geschichte von dem Kapitän, der uns mit der Steinschleuder beschossen hatte, der Streich mit Doktor Schmiese und schließlich die Bestrafung der beiden Schablowskis hörten sich so unglaublich an, dass ich meine Geschichte gar nicht ausschmücken, sondern eher etwas untertreiben musste.

Und wenn nicht am Ende rausgekommen wäre, dass Gustav und seine Leute Mickis Rad kaputtgemacht hatten, dann hätten sie mir vielleicht die ganze Geschichte gar nicht geglaubt.

„Klingt ja fast nach Batman und Robin", stellte Futzi fest und da hatte er irgendwie Recht.

Kuno war tatsächlich so eine Art Batman, der die Bösen bestraft und natürlich hatte er einen Gehilfen: Robin. Das war dann ich. Nicht schlecht die Idee, dachte ich.

Das Problem war nur: Jetzt wussten wir zwar, dass die Schablowskis das Rad gestohlen und dass Gustav es kaputtgemacht hatte, aber wir hatten keine Idee, was wir mit dieser Erkenntnis anfangen sollten.

An Gustav kamen wir nicht ran. Wir wussten nicht einmal, wie er mit Nachnamen hieß und wo genau er wohnte. Und von den Schablowskis jetzt Ersatz für das

Rad zu fordern, war auch unklug, nachdem Kuno und ich sie in ihrem eigenen Haus geschlagen und gefesselt hatten.

Und weil nicht einmal Micki eine Lösung hatte, fingen wir am Nachmittag erst mal an, die Bude zu bauen.

Das begann mit einer großen Diskussion. Benno wollte unbedingt einen Keller haben. Er meinte, dass ein Keller viele Vorteile hätte. Man könnte da unten Vorräte verstecken. Und wenn Wind und Sturm die Bude zerstören würden: Der Keller bliebe heil. Und natürlich wäre ein gut getarnter Keller ein super Versteck. Futzi war mal wieder dagegen, aber letztlich waren wir überzeugt und beschlossen, einen Keller zu bauen. Und das war die beste Idee, die wir je hatten, wie sich wenig später herausstellen sollte!

Der Keller kostete uns mehr Zeit als gedacht, denn wir mussten richtig tief graben und Unmengen Erde ausheben.

Es dauerte fast eine Woche, aber dann hatten wir einen richtig großen Keller, in dem wir alle zu sechst bequem stehen konnten. Wir kleideten den Keller am Boden und an den Seiten mit Brettern aus und waren richtig zufrieden. Die viele Erde hatten wir rings um die Bude herum aufgeschüttet, sodass ein kleiner Wall entstanden war.

Anschließend deckten wir den Keller mit Brettern ab und Paule baute einen Kellereingang mit einer Klapptür und einer Leiter.

Als der Keller fertig war, gruben wir mit ein bisschen Abstand um den Keller herum an den vier Ecken je ein tiefes Loch. Dann sägten wir die Eck-Pfähle auf die gleiche Länge zurecht und versenkten sie in den Löchern.

Die Pfähle waren leider etwas wackelig. Aber als wir die Bretter an die Pfähle nagelten, waren sie plötzlich ganz stabil. Jeder packte mit an und machte irgendetwas.

Micki hatte ein Metermaß mitgebracht und vermaß die Wände. Benno grub die Löcher. Schnulle machte innen den Boden sauber. Ich nagelte mit dem Hammer, den mir Kuno geschenkt hatte, die Nägel in die Bretter. Und Futzi und Paule überlegten sich, wie sie Fenster und Tür bauen sollten.

„Wir brauchen zu jeder Seite ein Fenster, damit wir Angreifer sehen können", sagte Futzi.

„Die können wir auch von oben sehen, wenn wir da einen Ausguck bauen", entgegnete Paule. „An jeder Seite ein Fenster auszusägen ist zu schwierig und macht die Wand instabil. Wichtig ist vor allem, dass Licht reinkommt", erklärte er weiter. „Dafür reicht ein Fenster."

Sie einigten sich dann auf zwei Fenster und die waren schon echt schwer auszusägen.

Paule baute von innen eine Klappe, die mit zwei Scharnieren befestigt war, sodass man die Fenster von innen auf- und zumachen konnte.

Weiter kamen wir nicht, denn für heute ging uns das Material aus. Wir mussten warten, bis die Bauarbeiter Feierabend hatten und dann schlichen wir uns wieder auf die Baustelle und holten uns, was wir brauchten. Wir nahmen so ziemlich alles mit, was irgendwo rumlag.

Und so ging es in den nächsten Tagen weiter, bis das Erdgeschoss fertig war. Die Tür bauten wir an der noch offenen Seite. Dazu vergruben wir einen fünften Pfosten neben einem Eckpfosten und dann bauten wir mit einem senkrechtstehenden Schalbrett und vier Scharnieren, die an dem fünften Pfosten befestigt waren, eine Tür, die man mit einem Kettenschloss abschließen konnte.

Gegen Ende der Woche bauten wir dann die Decke ein. Ich konnte mittlerweile richtig gut mit dem Hammer Nägel ins Holz schlagen, ohne dass sie krumm wurden. Und auf den Daumen haute ich mich mir auch nur noch ganz selten.

Anschließend fingen wir an, auf die Decke eine weitere Etage zu bauen.

Wir hatten dazu große Latten von der Baustelle geholt und quer über den Wänden befestigt, und an die Latten legten wir Bretter als Decke und nagelten sie fest. Damit man von unten auf die Decke steigen konnte, ließen wir an einer Wand einen Spalt von etwa einem Meter offen. Dann bauten wir eine Leiter, und mit dieser Leiter, die parallel zur Wand verlief, konnte man von unten nach oben klettern.

Die Bude war jetzt erstaunlich stabil. Selbst wenn wir zu sechst auf der Decke standen und hüpften, wackelte sie kaum. Wir waren richtig stolz auf unser Werk.

„Ich weiß nur noch nicht, wie wir jetzt die erste Etage bauen sollen", sagte Micki. „Das Problem ist, dass die Pfähle nicht lang genug sind."

Gegen Abend kam Bennos Mutter und brachte uns Verpflegung und lobte uns, weil wir so fleißig waren.

Später kam auch noch Bennos Vater dazu und dann kam auch noch mein Vater und der von Micki und sie diskutierten, wie man die erste Etage bauen könnte.

Erst meinten sie, dass wir einfach ein Giebeldach bauen sollten. Das wäre einfacher, weil wir dazu dann keine weiteren Pfähle bräuchten. Von zwei Seiten würden dann die Bretter schräg aufeinander zulaufen, und wenn es regnete, würde das Wasser so auch gut ablaufen können. Nachteil: Man könnte oben dann nicht mehr aufrecht stehen.

Da hatte der Vater von Benno eine Idee. Statt Pfähle könnten wir ganz lange Latten senkrecht auf den Boden stellen und von außen an die Wände nageln. Und dann könnte man die Bretter für die erste Etage über die Leiter nach oben tragen und dann von innen an den Latten befestigen. So machten wir es.

Von der Baustelle holten wir acht Latten, die ungefähr fünf Meter lang waren und von denen nagelten wir jeweils zwei im Abstand von jeweils etwa zwei Metern an jede Wand. Dann schleppten wir insgesamt 24 Schalbretter in die erste Etage. Und die nagelten wir von außen an den Latten fest. Dazu lehnten wir eine lange Leiter, die wir von der Baustelle geholt hatten, außen an die Wand, und während wir innen die Bretter gegen die Latten drückten, nagelte sie einer von außen fest. Das war sehr aufwendig und das Schwierigste war wieder, die Fenster einzubauen.

Als es schon dunkel wurde und wir alle in der ersten Etage standen, hörte ich, wie draußen ein Mofa vorbeifuhr. Es hielt genau an der Stelle an, wo wir kein Fenster hatten. Der Motor lief weiter und ich war mir sicher, dass der Mofafahrer zu uns rübergeschaut hat. Und dann gab das Mofa wieder Gas und fuhr weg.

Fingerkloppe

In den nächsten Tagen arbeiteten wir mit großem Eifer an unserer Bude weiter. Mit Hilfe unserer Väter bauten wir dann sogar doch noch einen Dachgiebel und eine Treppe in die erste Etage.

Und dann eines Tages, als es viel zu heiß war, um zu arbeiten und wir etwas Schatten brauchten, setzten wir uns gegenüber von der Bude in den Sandkasten vor unserem Haus, tranken Limonade und spielten Karten. Unsere Bonanza-Räder standen schön in einer Reihe nebeneinander auf dem Gehsteig, so wie es die Rocker machen, wenn sie die Motorräder vor der Kneipe abstellen.

Uns wurde aber irgendwie schnell langweilig und weil wir schon alle Quartette ausprobiert hatten, machte Schnulle den Vorschlag, dass wir zur Abwechslung Fingerkloppe spielen könnten.

Fingerkloppe war ein besonders fieses Spiel. Und das ging so: Einer hatte das Kartenspiel in der Hand und ein anderer musste eine Karte nennen. Zum Beispiel Pik 9. Dann zählte der mit dem Kartenspiel die Karten von oben ab bis die Pik 9 erschien, und mit der Anzahl der Karten, die er bis zur Pik 9 gezählt hatte, machte er einen Stapel und mit diesem Stapel haute er dann dem anderen auf dessen ausgestreckte Finger, und zwar so oft wie die Anzahl der Karten betrug. Wenn also die Pik 9 an fünfzehnter Stelle kam, bekam man mit 15 Karten 15 Schläge auf die Finger. Je später die gewählte Karte drankam, umso dicker wurde der Stapel. Und je dicker der Stapel wurde, umso härter konnte man damit natürlich zuhauen und umso doller tat es weh.

Das war total spannend, auch für die, die nur zuschauten. Nachdem wir mit der ersten Runde durch waren und Schnulle jedem außer mir (meine Karte war gleich an vierter Stelle gekommen) mal ordentlich auf die Finger gekloppt hatte, war Paule dran und durfte kloppen. Bei Micki, Benno und mir hatte er Pech und sein Stapel blieb ganz dünn. Dann aber kam Futzi dran, sagte ‚Herz Ass‘ und die kam als unterste Karte und Paule freute sich ganz besonders.

‚Der hat doch beschissen!‘, rief Futzi schon ganz panisch.

„Nichts da, Finger ausstrecken! Das gibt 36 Schläge!“, sagte Paule, nahm Futzis Hand und hielt sie fest. Paule presste das ganze Kartenspiel so fest zusammen, wie er nur konnte, und dann griff er den Stapel so, dass seine Faust oben auf dem Stapel lag und auch ganz vorn am Rand und er den Stapel nur mit Daumen und kleinem Finger an der Seite hielt. Damit war der Stapel bretthart und bog sich beim Zuhauen kein Stück. Als er ausholte, wollte Futzi die Hand wegziehen, aber Paule hielt ihn fest.

„Nicht feige wegziehen!“, sagte Paule.

„Immer große Fresse und wenn's drauf ankommt, rummemmeln, Spielverderber!“, sagte Paule und dann haute er Futzi volle Kanne auf die Fingerspitzen, sodass der laut aufschrie.

„Wenn der schon beim ersten Mal so schreit, wie soll das erst bei 36 sein?“, fragte Paule.

Da wurde Futzi ganz angst und bange, denn so gut konnte er dann doch rechnen. Wenn es bei ‚eins' schon so wehtat und die Fingerspitzen schon ganz rot waren, dann würden sie bei 36 vielleicht blau oder schwarz sein und vielleicht sogar abfallen.

Er biss sich auf die Zähne. Die Tränen standen ihm in den Augen. „Na warte!", dachte er sich. „Gleich bin ich dran und dann kannst du was erleben!"

Durch die Fingerkloppe und das Gejammer von Futzi waren wir so abgelenkt, dass wir die drei Mofas hinter uns gar nicht bemerkt hatten.

„Hinter dir!", sagte Futzi.

„Nicht ablenken!", antwortete Paule und haute bereits zum fünften Mal zu.

„Los! Mach' ihn alle!", sagte eine heisere Stimme hinter uns, und wir drehten uns alle um und blieben wie vom Blitz getroffen stehen.

Da standen drei große Jungs mit Jeansjacken mit ganz vielen Aufnähern drauf. Sie trugen Stiefeletten und der eine rauchte sogar eine Zigarette.

„Na los! Weiter!", sagte der mittlere mit der heiseren Stimme. „Hau' ihm die Finger matsche!"

In diesem Moment wurden Paule und uns allen bewusst, dass Fingerkloppe vielleicht doch nicht so witzig war wie wir erst dachten und da steckte Paule das Kartenspiel hinten in die Hosentasche.

„Ich habe gesagt, du sollst weitermachen", sagte der große Junge und trat einen Schritt näher.

„Mache ich nicht. Er hat schon genug", sagte Paule.

„Protest dulden wir nicht. Stimmt's, Gustav?", sagte der Junge mir der Zigarette.

Das war also Gustav! Au weiah! So hatte ich ihn mir vorgestellt. Und jetzt?

„Sehr richtig, Fiete", sagte Gustav und trat näher an Paule heran.

Dann spuckte er vor ihm auf den Boden.

„Auflecken oder durchkriechen!", befahl Gustav und bei ‚*durchkriechen!*' machte er mit dem Daumen und dem Zeigefinger einen Kreis.

„Da durchkriechen? Ist ja viel zu klein!", stammelte Paule.

„Dann weißt du ja, was zu tun ist", sagte Gustav.

„Das ist doch voll eklig!", sagte Micki.

„Was eklig ist, bestimmen wir", sagte der Dritte von den Jungs, der ganz fettige, klebrige Haare hatte.

Er ging auf Micki zu und schubste ihn so, dass der nach hinten in den Sandkasten fiel. Dort blieb er auf dem Rücken liegen.

Dann tat der Junge so, als würde er Paule einen Karate-Schlag mit der Handkante geben wollen und holte aus.

„Kennst du Elefanten-Joe?", fragte er Paule.

Und ohne die Antwort abzuwarten: „Der kann einem Elefanten mit der Handkante das Genick durchhauen. Wenn er will. Will aber nicht. Verstehste?"

Dann nahm er die Hand wieder runter und schubste auch Paule und der stolperte über den Rand und fiel auch rückwärts in den Sandkasten, wo er neben Micki liegenblieb.

„Was seid ihr überhaupt für 'ne komische Truppe? So 'ne Art Bonanza-Rocker oder was?", fragte Gustav und seine beiden Kumpels lachten.

„Bonanza-Räder sind aber keine Easy-Rider!", sagte der mit den fettigen Haaren und lachte laut.

„Mofas aber auch nicht, du ... du Birnenpflücker!", sagte Benno und ich dachte, der spinnt, dass er sich so was zu denen sagen traut.

„Wie bitte? Birnenpflücker? Geht's noch?", sagte der mit den fettigen Haaren, packte Benno am Hemd und schmiss auch Benno noch in den Sandkasten.

„Was frisst du da, Fettsack?", fragte Gustav Schnulle.

„'ne Rumkugel", antwortete Schnulle mit vollem Mund.

„Gib her!", sagte Gustav, nahm Schnulle die Rumkugel aus der Hand, biss ein großes Stück ab und schmierte Schnulle den Rest ins Gesicht.

„Habt ihr die Bude gebaut?", fragte Gustav und schaute mich an.

„Ja", antwortete ich.

„Mit dem Material von der Baustelle?"

„Ja, teilweise."

„Wie teilweise? Ich geb' dir gleich teilweise", sagte Gustav und gab mir eine fette Backpfeife.

„Die Bude reißt ihr schön wieder ab, verstanden? Wenn ihr es nicht selbst macht, machen wir es. Wir sind nämlich so 'ne Art Abrisskommando. Stimmt's, Zanke?", sagte Gustav.

Und der mit den fettigen Haaren lachte: „Jo, ey, Abrisskommando. Genau, ey!"

„Gut", sagte Gustav. „Wir kommen wieder und kontrollieren, ob ihr uns verstanden habt." Und zu seinen beiden Kumpels: „Fiete, Zanke! Abflug!"

Dann gingen sie zu ihren Mofas. Und bevor dieser Zanke auf sein Mofa stieg, trat er gegen das vorderste Bonanza-Rad in der Reihe und dann kippten alle Räder um und Zanke lachte dreckig.

Die Bonanza-Rocker

Da sahen wir alle plötzlich ziemlich alt aus.

Micki, Benno und Paule lagen im Sandkasten, Futzis Finger waren ganz rot und meine Backe tat weh.

„Tut's weh?", fragte mich Schnulle und sein Gesicht war voll Schokolade.

„Ja", sagte ich. „Der hat ganz schön zugelangt."

„Hier, ich habe zum Glück noch 'ne zweite Rumkugel. Kriegst die Hälfte", sagte Schnulle.

„Schade, dass er nicht DIR eine geballert hat", sagte Futzi zu Paule, während der sich den Sand abklopfte.

„Sei DU froh, dass die schon bei *Fünf* gekommen sind und nicht erst bei 36!", antwortete Paule.

„Und du warst ja mutig, Benno!", sagte ich. „Was ist denn ein Birnenpflücker? Hab' ich ja noch nie gehört!"

"Eigenkreation! Mir fiel nichts besseres ein!" Benno musste selbst darüber lachen.

„Was machen wir, wenn die wiederkommen?", fragte Futzi.

Micki sagte nichts. Er dachte nach. Er ärgerte sich, dass er nichts wegen seines Bonanza-Rads hatte sagen können. Das kam alles zu überraschend. Wir waren ja auch echt von denen überrumpelt worden. Und wer weiß, was passiert wäre, wenn er doch etwas gesagt hätte. Denn dieser Gustav wusste ja vermutlich gar nicht, dass es Mickis Fahrrad war, das er kaputtgemacht hatte. Wäre dann vielleicht richtig böse ausgegangen. Also verwarf er den Gedanken an das Fahrrad und sagte: „Wir haben jetzt zwei Probleme. Erstens ist unsere

Bude in Gefahr, weil entweder Gustav oder die Bauarbeiter sie abreißen werden. Und zweitens sind wir in Gefahr, wenn wir sie nicht selbst abreißen."

„Schöner Schlamassel!", sagte Benno. „Wie kommen wir da wieder raus?"

„Wenn wir die Bude abreißen, dann kriegen wir weder Ärger mit Gustav noch mit den Bauarbeitern", sagte Schnulle. „Dann haben wir nur umsonst gearbeitet."

„Ich glaube, das schützt uns auch nicht vor denen. Selbst wenn wir die Bude abreißen, finden die doch einen anderen Grund, um uns zu ärgern", sagte Micki.

„Das glaube ich auch", sagte Futzi. „Außerdem haben sie noch dein Fahrrad auf dem Gewissen. Wir dürfen nicht klein beigeben."

„Sagt der, der bei *Fünf* heult", sagte Paule.

„Ich hab' nicht geheult", sagte Futzi wütend.

„Nee, ist klar. War wieder dein Bruder!", sagte Paule und da reichte es Futzi und er stürzte sich auf Paule, sodass diesmal beide in den Sandkasten fielen.

Da wälzten sie sich nun im Sand hin und her und Micki, der sonst immer schlichtete, wenn sie sich stritten, griff diesmal nicht ein und dachte wieder nach und dann sagte er: „Bonanza-Rocker! Passt eigentlich ganz gut. Finde ich auch gar nicht so schlecht. Wisst ihr was? Wir sind von heute an die Bonanza-Rocker!"

„Auf die Bonanza-Rocker!", rief Schnulle und prostete uns mit einer Dose Limo zu, die er gerade aufgemacht hatte.

Und als Futzi und Paule endlich aufhörten, sich zu kloppen, bildeten wir einen Kreis, fassten uns an der

Hand und Micki sprach: „Wir sind die Bonanza-Rocker. Wir lassen uns nichts gefallen."

Und wir sprachen es alle nach: „Wir sind die Bonanza-Rocker. Wir lassen uns nichts gefallen."

Der Henkelpott

Der Vorfall mit Gustav, Zanke und Fiete wirkte noch ein paar Tage nach. Wir sprachen auch in der Schule darüber und sogar der Rallo aus der 4a meinte, dass man Gustav verdammt ernstnehmen muss.

„Der hat letztes Jahr meinen großen Bruder und seinen Freund verkloppt. Einfach so!"

Es waren jetzt noch drei Wochen bis zu den Sommerferien. Endlos lang kam mir das vor.

Und Frau Schneckmann hatte so ein Buch für den Sprachunterricht. Das brachte sie jede Woche mit und da lasen wir immer ein Kapitel und danach redeten wir darüber.

In den Geschichten ging es meist um irgendwelche Kinder, die irgendwas Komisches erlebten. Manche Geschichten waren ganz gut, zum Beispiel die von dem Faulpelz, der sieben Jahre lang nur auf der Heizung lag, nachdachte und Nüsse aß und danach der stärkste Mann der Welt wurde. Ganz von allein!

Aber es gab auch doofe Geschichten. Wie die vom Henkelpott. Das war ein Junge mit riesigen Segelohren, noch viel größer als die von Paule. Die Ohren standen so weit ab, wie die Griffe von einem großen Topf. Daher Henkelpott. Und alle Kinder machten sich in der Geschichte über den Henkelpott lustig.

Aber Paule fand das gar nicht lustig. Er hatte das Buch auch zu Hause und er hatte die Geschichte schon gelesen.

„Ich kann mir die doofen Sprüche von Futzi schon richtig vorstellen", sagte Paule zu mir.

„Wir sind jetzt bei Kapitel 14 und der Henkelpott kommt noch vor den Zeugnissen dran. So ein Mist."

„Vielleicht überspringen wir das Kapitel ja", wollte ich Paule ein bisschen Mut machen.

„Glaube ich nicht. Am liebsten würde ich an dem Tag zu Hause bleiben, aber das nützt ja auch nichts, weil ihr die Geschichte dann lest und dann denkt sowieso jeder an mich. Und ab dann bin ich die längste Zeit der Paule gewesen. Dann nennen mich alle nur noch Henkelpott."

Paule machte einen ziemlich bedröppelten Eindruck. Er tat mir echt leid. Ich habe auch nicht verstanden, warum so eine doofe Geschichte in der Schule gelesen werden muss. Kann doch jeder zu Hause lesen, wenn er will. Außerdem kennt doch jeder das Thema mit den Segelohren seit ‚Dumbo'. Dieser arme kleine Elefant. Alle lachen über ihn, weil er so komisch aussieht. Aber dann stellt sich heraus, dass er fliegen kann, und dann bewundern ihn alle. Aber Paule konnte nicht fliegen. Er konnte zwar einige Sachen besser als die anderen. Zum Beispiel Baggerfahren oder Fenster mit Scharnieren basteln. Aber so toll war das jetzt auch nicht. Und vielleicht würde Futzi dann wirklich laut in die Klasse rufen, dass Paule mal durchs Klassenzimmer fliegen soll. Nein, das war nicht gerecht. Das hatte Paule nicht verdient. Ich beschloss, dass ich irgendwie verhindern musste, dass wir das Kapitel mit dem Henkelpott lesen würden. Bloß, wie?

Flitzeralarm!

Am nächsten Sonntag fuhren Schnulle, Futzi und ich mit unseren Rädern ins Freibad.

Das Freibad war im Vergleich zu unserem Hallenbad riesig. Wir suchten uns einen netten Platz auf der großen Liegewiese und dann holten wir uns Pommes rot/-weiß. Und danach noch Vanilleeis am Stiel. Es waren auch viele Mädchen von unserer Schule da und da hatte Futzi eine Idee, wie er die Aufmerksamkeit der Mädchen erregen könnte: „Passt auf! Wir spielen Flitzer!"

„Flitzer? Wie geht das denn?", fragte Schnulle gleich.

„Ich wickele mir mein Handtuch um und ihr rennt hinter mir her und tut so, als hätte ich nichts drunter und ihr versucht, mir das Handtuch runterzuziehen!"

„Was soll das bringen? Und wieso Flitzer?", fragte Schnulle wieder.

„Wenn einer nackt irgendwo entlangrennt, dann nennt man das: *flitzen*. Und die Mädchen werden dann neugierig und laufen mir auch alle hinterher. Und wenn sie mich erwischen, sage ich ‚Ätsch, angeschmiert! Das könnte euch so passen!' Wirst mal sehen, das klappt bestimmt."

„Witziger wäre aber, wenn du tatsächlich nichts drunter hast. Sonst bist du ja auch kein echter Flitzer", sagte ich. „Das wäre dann auch für dich spannender."

„Genau", sagte Schnulle. „Das wäre echter Nervenkitzel."

Futzi musste erst überlegen. Aber dann: „Okay, überzeugt. Aber wehe euch, wenn einer von euch das Handtuch runterzieht!"

Er wickelte sich das Handtuch um, schaute vorsichtig, ob er beobachtet wurde und dann zog er unter dem Handtuch die Badehose aus und rannte los. Dabei hielt er das Handtuch mit einer Hand oben fest.

„Hilfe! Ich hab' nichts drunter! Die wollen mir an die Wäsche!", rief er laut und rannte wie der geölte Blitz an den Liegeplätzen der Mädchen vorbei und Schnulle und ich hinterher.

„Schnappt den Flitzer!", rief ich. „Der ist nackig!"

Und tatsächlich! Ein paar Mädchen, die wir gar nicht kannten, sprangen auf und rannten Futzi hinterher.

Und dann wurden es immer mehr Mädchen und Futzi bekam Angst und wollte zu unserem Liegeplatz zurücklaufen, um sich in Sicherheit zu bringen. Er schlug zwischen den am Boden liegenden Badegästen Haken und sprang sogar über manche drüber. Aber als er sich nach seinen Verfolgerinnen umdrehte, rannte er gegen einen dicken Mann und ließ das Handtuch los und dann stand er da ganz nackt und die Mädchen nahmen ihm das Handtuch weg und lachten und kicherten und hüpften um ihn herum und Futzi bekam einen ganz roten Kopf und schämte sich ganz fürchterlich.

Wir haben den Mädchen dann das Handtuch wieder abgenommen und sind mit Futzi zu unserem Liegeplatz zurück.

„Mann, wie peinlich!", ärgerte sich Futzi. „Ich hätte nicht auf euch hören sollen. Ihr müsst jetzt auch 'ne Flitzer-Aktion machen, sonst ist das voll ungerecht."

„Was können wir denn machen?", fragte ich. „Noch mal mit dem Handtuch rumflitzen ist doof."

„Wir springen nackt vom Fünfer", schlug Schnulle vor.

„Wie willst du denn nackt da raufkommen?", fragte ich.

„Wir ziehen uns erst oben die Badehose aus und werfen sie runter ins Wasser und dann springen wir hinterher. Und im Wasser ziehen wir sie wieder an."

„Das ist 'ne super Idee", sagte Futzi. „Und ich schwimme unten und passe auf, dass die Badehosen nicht wegschwimmen."

„Aber ich springe nur vom Dreier", sagte ich. „Geht das auch?"

„Ja, okay. Dann aber beide gleichzeitig", sagte Futzi.

Schnulle stieg also auf den Fünfer und ich auf den Dreier. Weil auf dem Dreier mehr los war, dauerte es bei mir etwas länger und Schnulle musste oben auf dem Fünfer auf mich warten.

Als ich endlich an der Reihe war, schauten wir uns an und als Schnulle die Hose runterzog, machte ich es nach und dann schmissen wir beide die Badehosen nach unten ins Wasser und sprangen hinterher.

Ich hatte Glück und sprang fast direkt in meine Hose rein, aber Schnulles Badehose flog zu weit, Richtung Rand. Da schnappte sie ein Mann mit riesigen Muskeln und tätowierten Armen und steckte sie in den Abguss, wo das Wasser vom Schwimmbecken ablief und ‚schwupps!' war Schnulles Badehose weg.

Futzi lachte sich halbtot. „Haha! Schnulles Badehose wurde eingesaugt. Er kommt nicht mehr aus dem Wasser!", rief er immer wieder. Und Schnulle schämte sich sehr, weil auch viele andere Badegäste lachten.

Ich bin dann zu unserem Liegeplatz zurück und habe seine Unterhose geholt und zu ihm ins Wasser geworfen. Die hat er dann angezogen. Sah total doof aus, aber besser als nackt. Da hat ihn aber der Bademeister, der Herr Bohnenkessel, angesprochen. Das war so ein junger, braungebrannter Kerl, mit blonden Haaren und Sonnenbrille, der sich ganz toll fand und er hat Schnulle gefragt, ob er mit der Unterhose im Wasser war, und er hat gesagt, dass das verboten ist und dass er ihn rausschmeißt, wenn er das noch mal macht.

Irgendwie war an diesem Badetag der Wurm drin. Aber es kam noch viel schlimmer.

Die Umkleidekabinen im Freibad waren alle in einer Reihe angeordnet. Jede Umkleidekabine hatte zwei Türen. Eine Richtung Eingang und die andere Richtung Dusche.

Als wir gehen wollten und uns in der Umkleidekabine gerade umzogen, hörten wir ein komisches Geräusch, so als wenn jemand mit einem Bohrer ein Loch ins Holz bohrt. Und dann fiel uns auf, dass in der einen Wand von der Umkleidekabine schon ein Loch war. Ich schaute durch und von der anderen Seite schaute auch jemand durch und plötzlich schrie von nebenan eine

Frau und schimpfte. Sie kam aus der Kabine und hämmerte bei uns an die Tür. Sie rief auch gleich nach dem Bademeister. Ich hatte noch nie jemand gesehen, der so wütend war.

Und plötzlich ging die andere Kabine hinter der Frau auf und da standen tatsächlich Gustav und Fiete und taten ganz erstaunt und fragten, was denn los sei.

In dem Moment kam der Bademeister und die Frau sagte, dass in der Wand Löcher wären und dass wir durch das Loch in ihre Kabine gekneistert hätten.

„Das ist gelogen!", rief Futzi. „Das stimmt gar nicht!"

Der Bademeister schaute erst zu uns und dann zu Gustav und Fiete.

Da holte Gustav einen Holzbohrer hinter dem Rücken hervor und sagte zum Bademeister: „Hier, Herr Bademeister. Diesen Bohrer haben wir den Bonanza-Rockern abgenommen. Endlich haben wir die Spanner auf frischer Tat ertappt!" Und dann reichte er dem Bademeister den Bohrer.

„Schwimmbad-Verbot ist das Mindeste für diese Strolche!", sagte Fiete und die Frau sagte, dass unsere Eltern und die Schule informiert werden müssen.

„Wir haben doch damit überhaupt nichts zu tun!", protestierte ich. „Die Frau hat ja selbst durch das Loch gekneistert!"

„Glauben Sie ihm kein Wort", sagte Gustav. „Ich kenne den Burschen."

„Eine richtige Rockerbande seid ihr also auch noch", sagte der Bademeister nachdenklich und grinste fies.

„Erst nackt vom Turm springen, dann mit getragenen Unterhosen ins Wasser gehen und jetzt auch noch Löcher in die Umkleidekabine bohren! Na, wartet, ihr könnt was erleben!"

Und dann nahm er uns mit in sein Büro und wir mussten ihm unsere Namen sagen und wie unsere Schule und die Klassenlehrerin heißt.

Das war eine ganze üble Situation, aber das Schlimmste kam ja erst noch.

Vor dem Schwimmbad unterhielten wir uns noch. Futzi war richtig sauer.

„Dieser Bademeister ist kein Stück besser als Gustav und Fiete. Der ist doch selbst immer hinter den Mädchen her. Paules große Schwester hat er mal nach ihrer Telefonnummer gefragt. Der fährt so einen weißen VW Scirocco und er denkt, er ist der Größte!"

Futzi fuhr dann alleine nach Hause. Er hatte Angst, dass er jetzt zu Hause Ärger bekommen würde. Und Schnulle und ich fuhren in die andere Richtung. Ich hatte eher Angst, dass wir in der Schule Ärger bekommen würden.

„Der Gustav ist ein ganz mieser Typ. Das war reine Boshaftigkeit", sagte ich.

„Meinst du, der Bademeister hat schon bei uns zu Hause angerufen?", fragte Schnulle besorgt.

„Ich glaube, der ruft nur in der Schule an", sagte ich.

„Wieso?"

„Weil er dann nur einmal anrufen muss. Der ist doch zu faul, um dreimal zu telefonieren."

Und dann schlug Schnulle vor, doch lieber einen Umweg zu fahren. Über den Friedhof. Und das war mit Abstand die dümmste Entscheidung an diesem Tag.

Der Friedhof lag hinter dem Fußballplatz. Ein Kiesweg
führte der Länge nach durch. Ziemlich am Anfang, auf
der rechten Seite war das Grab von einem Herrn Eierkuchen. Wir hatten es letztes Jahr entdeckt und wir
haben uns vorgestellt, wie es wohl als Junge für den
Herrn Eierkuchen war, wenn man Eierkuchen heißt
und neun Jahre alt ist.

Und in der Mitte vom Friedhof war die Leichenhalle.
Futzi hatte erzählt, dass er mal mit seiner Schwester
durchs Fenster geschaut hätte, und da hätten sie eine
Leiche auf einem Tisch liegen sehen. Das war sehr gru-
selig.

Wir fuhren ganz langsam und ganz leise und dann stiegen wir ab und schlichen uns ans Fenster. Neben dem
Fenster stand ein großer, rostiger Eimer aus Metall. Wir
drehten ihn um, sodass man darauf steigen konnte.

Dass auf der anderen Seite des Leichenhauses zwei Mofas standen, konnten wir nicht sehen. Aber als wir auf
den Eimer stiegen und durchs Fenster schauten, haben
wir uns fast zu Tode erschreckt. Im Leichenhaus lag
eine Leiche auf dem Tisch! Sie war mit einem Tuch zugedeckt und es schauten unten nur die Füße raus. Und
daneben standen Gustav und Fiete!

„Das gibt's doch nicht! Schon wieder die beiden!", sagte
ich leise zu Schnulle.

„Was machen die da, Willi?"

Die beiden kramten in ihrem Rucksack, den sie beim Schwimmen dabeihatten und dann holte Fiete einen dicken Filzstift raus und gab ihn Gustav.

„Der malt dem Toten die Zehennägel an! Ich fasse es nicht!", rief Schnulle entsetzt und viel zu laut und da schaute Gustav zu uns rüber und in dem Moment brach durch eine falsche Bewegung der Boden des Eimers durch und wir flogen beide der Länge nach hin.

Und dann ging alles ganz schnell. Viel zu schnell.

Fiete schnappte sich Schnulle und Gustav schnappte mich und hielt mir die Faust unter die Nase: „Riech' mal", sagte er. „Riecht nach Friedhof!"

Und dann schubste er mich so schnell und fest zu Boden, dass ich meinen neuen Schubs-Selbstverteidigungs-Trick gar nicht anwenden konnte, und als ich am Boden lag, kniete er sich auf meine Oberarme und bewegte seine Knie hin und her: „Erst mal ein bisschen Muckireiten!", sagte er und dann boxte er mir voll auf die Nase. Und Fiete haute dem armen Schnulle auch richtig die Hucke voll.

Wir mussten ihnen versprechen, dass wir nichts sagen, sonst würden sie kommen und uns richtig verprügeln.

Das war wirklich kein guter Tag. Ganz schön viel Pech auf einmal.

Strafarbeit

Meine Nase tat etwas weh. Aber als ich am Abend vor dem Schlafengehen nachdachte, dachte ich, dass es gar nicht so schlimm ist, wenn man verkloppt wird. Es tut eigentlich nicht mehr weh, als wenn man beim Fußballspielen gefoult oder unglücklich vom Ball getroffen wird. Schlimm ist eigentlich nur die Angst davor, verkloppt zu werden.

Ich erzählte Schnulle am Montag von meiner Erkenntnis und wollte wissen, was er dachte.

„Du hast Recht", sagte er. „Ich habe gestern auch gemerkt, dass etwas anders ist als vorher. Aber ich wusste nicht, warum. Jetzt weiß ich es."

Wir erzählten den anderen von den Erlebnissen im Schwimmbad. Ich glaube, Futzi war einerseits froh, dass er nicht auf dem Friedhof mit dabei war, andererseits konnte er nicht davon erzählen und damit prahlen und musste daher die Geschichte mit der Umkleidekabine erzählen und die schmückte er besonders aus.

Frau Schneckmann sagte an diesem Tag noch nichts und wir dachten schon, dass der Bademeister nur geblufft hatte.

Aber am Dienstag rief Frau Schneckmann Futzi, Schnulle und mich nach dem Unterricht nach vorne.

Sie wollte wissen, was im Schwimmbad passiert war, und wir erzählten es ihr.

Sie glaubte uns zwar, dass wir keine Löcher in die Wand der Umkleidekabine gebohrt hatten, aber trotzdem war sie der Meinung, dass wir uns im Schwimmbad nicht gut benommen hätten.

„Und deswegen bekommt ihr eine kleine Strafarbeit. Ihr schreibt bis morgen einen Aufsatz darüber, wie man sich im Freibad zu benehmen hat, was man darf und was nicht und aus welchem Grund."

Zu Hause fiel mir nicht viel ein zu dem Thema. Ich fand es auch total ungerecht, dass wir eine Strafarbeit bekommen hatten. Meine Eltern konnte ich auch schlecht um Rat fragen, sonst hätten sie Verdacht geschöpft. Da ich möglichst schnell nach draußen wollte, um den anderen bei der Bude zu helfen und weil ich mir keiner Schuld bewusst war, schrieb ich einfach:
Man darf im Freibad nicht flitzen.
Man darf im Freibad auch nicht nackt vom Turm springen.
Man darf im Freibad erst recht keine Löcher in die Wand von der Umkleidekabine bohren und durch das Loch kneistern, weil das alles verboten ist.

Am nächsten Tag in der Schule war ich dann total überrascht. Die Aufsätze von Schnulle und Futzi waren viel länger. Frau Schneckmann hat sie in der großen Pause gelesen und als die Schule aus war, musste ich bleiben. Sie hat gesagt, dass Futzi zehn Seiten geschrieben hat, die zwar nicht so schlau waren, aber man hätte gesehen, dass er sich Mühe gegeben hat. Und Schnulle hat wohl immerhin vier Seiten geschrieben, aber sehr kluge Seiten und man hat sehen können, dass er echt einsichtig war.

Aber mein Aufsatz wäre weder lang, noch klug, noch einsichtig und deshalb wollte sie mit mir reden.

Da dachte ich, dass es jetzt eine gute Idee sei, die Sache mit dem Henkelpott anzusprechen.

„Wissen Sie was, Frau Schneckmann?", sagte ich. „Da gibt es eine Sache, die hat jetzt zwar nicht ganz direkt mit dem Schwimmbad zu tun, aber die muss ich unbedingt mit Ihnen besprechen, wenn's geht."

„Ja, natürlich Willi. Du weißt, dass du immer zu mir kommen kannst und ich immer ein offenes Ohr für dich habe. Also, was hast du auf dem Herzen?", sagte Frau Schneckmann und schob mir einen Stuhl hin, damit ich mich setzen konnte.

„Also, es ist so. Es ist diese doofe Geschichte aus Ihrem Buch. Die mit dem Henkelpott."

„Aber die haben wir doch noch gar nicht gelesen. Die kommt doch erst nächste Woche dran!"

„Das ist es ja! Der Paul hat Angst davor, schon die ganze Zeit. Er kennt die Geschichte, weil er das Buch selbst zu Hause hat."

„Warum hat er denn vor der Geschichte Angst?", fragte Frau Schneckmann.

„Na ja, weil er glaubt, dass er selber solche Segelohren hat wie der Henkelpott, und er fürchtet, dass wir sofort an ihn denken und er dann nicht mehr der Paule ist, sondern der Henkelpott!"

„Ah, verstehe", sagte Frau Schneckmann und sie wirkte plötzlich sehr nachdenklich.

„Und da wollte ich Sie fragen, ob wir nicht etwas ganz anderes lesen könnten, in der letzten Stunde. Weil, wenn wir die Geschichte überspringen, ist das auch komisch."
Frau Schneckmann dachte nach.

„Hör' zu Willi! Ich hatte sowieso vor, dass wir etwas anderes in der letzten Stunde vor den Ferien lesen. Etwas Lustiges. Du kannst dem Paul erzählen, dass du zufällig mit mir gesprochen hast und ich dir verraten habe, dass wir in der letzten Stunde vor den Ferien ein Buch über eine Reise nach Australien lesen werden. Einverstanden?"

„Oh, vielen Dank", sagte ich.

„Ach ja, wegen deines Aufsatzes: Du weißt, ich hatte mehr von dir erwartet. Aber du hast ja Recht. Ich glaube, dass ihr keine großen Dummheiten gemacht habt. Und ich finde es sehr anständig von dir, dass du dich für deinen Freund einsetzt und dir so ernste Gedanken machst. Jetzt geh' nach Hause! Ich bin sehr stolz auf dich."

Sie streichelte mir über den Kopf und machte mir ein Knipsauge.

Was für eine tolle Lehrerin, dachte ich. So muss es sich anfühlen, wenn man verliebt ist.

Richtfest

Als ich nach Hause kam, rief ich gleich bei Paule an und erzählte ihm, dass er sich keine Sorgen mehr wegen dem Henkelpott machen müsste.

In der letzten Stunde vor den Ferien lasen wir dann tatsächlich diese Geschichte über Australien und Paule war sehr erleichtert und ich auch.

Paule fuhr mit seinen Eltern dann am nächsten Tag in den Urlaub und wir verabschiedeten uns.

Wir fuhren erst ein paar Wochen später und in dieser Zeit baute ich mit Micki, Benno, Futzi und Schnulle die Bude fertig. Danach richteten wir sie ein. Wir hatten uns aus einem Brett einen Tisch gebaut und von zu Hause ein paar alte Stühle und zwei Camping-Hocker geholt. Futzi hatte sogar ein Radio auftreiben können und jetzt konnten wir in Zukunft schön am Samstag im Radio die Fußballübertragung hören und nebenbei Karten spielen.

Ab und zu kamen auch die Bille und die Susi vorbei und brachten uns Waffeln. Bille hatte nämlich zum Geburtstag ein Waffeleisen bekommen. Und das war mal ein vernünftiges Geschenk, von dem auch wir Jungs etwas hatten.

Von meinen Freunden würden nur Schnulle, Micki und ich auf's Gymnasium gehen. Das hatte ich ganz zum Schluss des Schuljahres erfahren und wir haben komischerweise auch nie so darüber geredet. Vielleicht, weil wir dachten, dass wir auch so trotzdem noch weiter befreundet sein würden.

Jedenfalls staunten unsere Eltern nicht schlecht über die Bude. Mickis Vater hatte ein langes Maßband mitgebracht und er hat die Bude von ganz oben nach unten vermessen.

„Drei Meter siebzig. Ohne den Fahnenmast! Donnerwetter! Ganz schöner Wolkenkratzer", hat er gesagt und er war echt beeindruckt.

Mit Fahnenmast wäre die Bude noch mal 1,50 m höher gewesen. Wir haben nämlich oben einen Fahnenmast gebaut und Schnulle hat eine Fahne vom FC Bayern gehisst. Eine andere hatten wir nicht.

Aber das Tollste an der Bude war der Ofen. Wir hatten auf einem alten, verlassenen Bauernhof in der Nähe der Geländebahn gespielt und in einem Zimmer einen alten gusseisernen Ofen entdeckt. Den hatten wir eines Abends dann auf eine Schubkarre geladen und zur Bude gefahren. Wir stellten ihn unten im Keller auf. Wir wollten ihn aber erst in Betrieb nehmen, wenn die anderen wieder zurück waren. Wir hatten nämlich noch keine Lösung für das Ofenrohr und dachten, dass es besser ist, zu warten, bis Paule zurück war. Dem würde sicher etwas einfallen.

Futzi hatte auch ständig neue Ideen.

„Wir bemalen die Bude mit Graffitis. Über den Eingang schreiben wir ‚Bonanza-Rocker'. Und oben ganz fett ‚Evel Knievel'. Und meine Mutter näht uns eine Totenkopfflagge."

„Ich weiß nicht", sagte ich. „Lass' uns warten, bis alle aus dem Urlaub zurück sind! Sonst gibt's nur Streit."
Futzi war einverstanden, aber einen Tag später brachte er wirklich eine Totenkopfflagge mit und die hisste er dann. „Die kann man ja abnehmen, wenn Paule wieder herummeckert", sagte er.

Neben der Bude hatten wir ein großes Fass aus Eisen aufgestellt. Das hatten wir von der Baustelle geholt. Es war etwas rostig und unten war Teer drin. Erst hatten wir gedacht, dass wir es zum Feuermachen benutzen könnten, weil es sicher sehr warm wurde, wenn es drinnen im Fass brannte. Aber als es dann mal zwei Tage geregnet hatte, stand richtig Wasser drin und von da an benutzten wir das Fass nur noch als Mülleimer. Und Futzi und Schnulle pinkelten sogar immer aus Spaß aus dem ersten Stock ins Fass.

An meinem letzten Tag vor dem Urlaub feierten wir mit Limonade und Kuchen Richtfest und auch unsere Eltern und andere Kinder aus der Nachbarschaft kamen und alle waren beeindruckt von der Bude.
Dann fuhren auch Micki, Benno und ich in den Urlaub. Nur Futzi und Schnulle blieben zurück.
„Wir passen auf die Bude auf. Keine Sorge", sagte Futzi zum Abschied.
Ich freute mich. Die Bauarbeiter hatten wegen der Bretter bisher nichts gesagt und Gustav war nicht mehr aufgetaucht. Alles sah gut aus. Ich konnte beruhigt in den Urlaub fahren.

Wenn ich zurückkomme, wartet die Bude auf mich und dann beginnt eine schöne Zeit, dachte ich.

Das Abrisskommando

Zwei Wochen später kamen wir aus Italien zurück. Ich war ganz aufgeregt und konnte es kaum erwarten, meine Freunde wiederzusehen und war gespannt, ob sie an der Bude weitergebaut hatten. Vielleicht hatten sie ja schon den Ofen in Betrieb genommen und vielleicht würde es aus der Bude qualmen, wenn ich nach Hause käme, und Futzi würde etwas grillen und Schnulle hätte aus der Bäckerei Kuchen mitgebracht. Und oben würde die Totenkopfflagge wehen und Futzi und Paule hätten sich ausnahmsweise mal geeinigt und die Bude schön mit Graffitis bemalt.

Aber als wir mit unserem Auto um die Ecke bogen, war die Bude gar nicht mehr da!
Man sah nur noch das alte Fass. Ich sah rüber zu dem Platz, wo unsere Bude gestanden hatte. Aber alles war weg. Kein einziges Brett war mehr da. Nur der Keller schien heile geblieben zu sein. Ich war so geschockt, dass ich nicht mal weinen konnte.
Ich klingelte nebenan bei Benno, aber er war nicht da und bei Schnulle und auch bei Micki ging niemand an's Telefon.
Da klingelte es an der Tür und Futzi stand da, mit einer Zeitung unterm Arm.
Man konnte sehen, dass er geweint hatte.
„Komm' rein! Was ist passiert?", fragte ich.
Futzi legte die Zeitung auf den Küchentisch und musste erst mal tief Luft holen. Dann erzählte er, was passiert war:

„Erst war alles gut. Schnulle und ich haben jeden Tag nach der Bude geschaut und saubergemacht. Und wir haben sie immer ordentlich abgeschlossen. Aber dann, vor vier Tagen, da hat mein Vater beim Frühstück Zeitung gelesen und gesagt: „Ist das nicht eure Bude?" und er hat mir die Zeitung rübergereicht."

Futzi klappte die Zeitung auf und zeigte sie mir.

Im hinteren Teil der Zeitung war ein Schwarz-Weiß-Foto von unserer Bude und davor posierten ganz stolz Gustav und Zanke und Fiete stand oben und hisste die Totenkopfflagge!

„Waaaas? Das darf doch nicht wahr sein!", rief ich entsetzt und las den Text unter dem Foto:

„Auf einer Wiese an der Doktor Dusel-Straße haben drei sympathische Jugendliche in wochenlanger Arbeit aus den Resten von Baumaterial einer benachbarten Baustelle eine schöne Hütte mit vielen liebevollen Details gebaut. Das Bauwerk ist beeindruckende vier Meter hoch und hat sogar einen Keller mit Holzofen, eine abschließbare Tür und Fenster mit Scharnieren. Hier waren echte Künstler am Werk. „Wir sind die Architekten von morgen", sagte uns der Chef-Architekt, ein netter Junge, namens Gustav (unten links). Das stimmt wirklich. Ihr könnt stolz auf euch sein, findet die Redaktion.'

Futzi erzählte weiter:

„Irgendjemand hatte die Zeitung informiert, dass da 'ne tolle Bude steht und dass sie doch mal darüber berichten könnten. Als der Reporter mit seiner Kamera kam und Bilder gemacht hat, müssen Gustav, Zanke und Fiete vorbeigefahren sein und haben behauptet, dass sie die Bude gebaut haben."

„Wahrscheinlich waren sie in Wirklichkeit nur gekommen, um sie kaputtzumachen!", sagte ich wütend.

„Und dann kam das Foto schon am nächsten Tag in die Zeitung. Und dann haben es die Bauarbeiter gesehen und dann kam der mit dem gelben Helm und zwei andere und haben die Bude abgerissen und alle Bretter wieder rüber zur Baustelle gebracht. Das war vorgestern. Nur der Keller ist noch übrig."

„Ist der Keller noch mit Brettern zugedeckt?", fragte ich.

„Ja, das haben sie gelassen. Unten ist noch alles drin. Auch der Ofen und die Einstiegsluke mit dem Scharnier ist auch noch heile."

„Wissen die anderen schon Bescheid?", fragte ich.

„Ja. Gestern war sogar der mit dem gelben Helm hier und hat gesagt, dass wir nicht mehr auf die Baustelle dürfen und dass er sonst die Polizei verständigt."

„So ein mieser Schuft!", sagte ich. „Was jetzt?"

„Keine Ahnung", antwortete Futzi. „Wir müssen uns mal alle treffen und beratschlagen, was wir jetzt machen."

Dann ging er. Er war sehr traurig. Ich auch. Ich kramte bei uns in der Post, die während unseres Urlaubs gekommen war und fischte die Zeitung mit dem Artikel heraus. Ich las ihn noch ein paar Mal. Das war einfach nicht gerecht. Nach all dem, was Gustav uns angetan hatte! Und jetzt bekommt er sogar noch die Anerkennung für etwas, was wir geleistet hatten, und zu allem Überfluss wird uns dann deswegen auch noch die Bude zerstört! Ich war noch nie so wütend und konnte nicht glauben, dass die Welt so ungerecht sein konnte. Ich nahm die Zeitung mit und ging geknickt auf mein Zimmer.

Da hörte ich, wie meine Mutter unten telefonierte: „Gar kein Problem, wirklich! Wir freuen uns. Wir sind zwar erst heute aus dem Urlaub gekommen. Aber natürlich kann der Kuno am Wochenende kommen!"

Batman und Robin und der Bademeister

„Der Kuno kommt? Ist das wahr? Morgen? Diesmal
das ganze Wochenende?", fragte ich meine Mutter, als
sie aufgelegt hatte.
„Ja, morgen Mittag schon bringen ihn seine Eltern. Du
kannst oben schon mal sein Zimmer herrichten."
Nichts lieber als das, dachte ich. Ich flitzte nach oben
und machte sein Bett fertig. Auch eine Flasche Spezi
und eine Tafel Schokolade stellte ich ihm ans Bett. Er
sollte sich wohlfühlen bei uns.

Ich konnte es kaum erwarten und vergaß völlig, einen
von meinen Freunden anzurufen oder zu besuchen.
Und am nächsten Tag schraubte ich vor dem Haus an
meinem Bonanza-Rad herum und schaute voller Vor-
freude die ganze Zeit Richtung Straße, und dann endlich bog der grüne Mercedes um die Ecke und ich ging
Kuno entgegen.
„Willi, mein Freund! Wie geht's? Hast du ordentlich die
Stellung gehalten? Wo ist die Bude?", begrüßte mich
Kuno. Er hatte mit einem Blick sofort die Lage gepeilt.
„Ich erzähl' dir gleich alles", sagte ich. „Es ist viel pas-
siert seit letztem Mal."
„Okay, ich bin gespannt. Aber hilf' mir erst mal mit
dem Gepäck", sagte Kuno. „Ich habe uns was mitge-
bracht." Und da holte er vom Rücksitz zwei Angelruten
und drückte sie mir in die Hand.
„Wir gehen angeln!", sagte er und grinste.
„Oh ja, toll! Super Idee!" Ich freute mich.

Nachdem Kunos Eltern sich verabschiedet und mindestens fünf Mal gesagt hatten, dass er sich benehmen soll, gingen wir nach oben in mein Zimmer und ich erzählte Kuno alles, was seit seinem letzten Besuch passiert war, von der Bude, den Begegnungen mit Gustav, dass wir jetzt die Bonanza-Rocker seien und warum die Bude jetzt weg war.

„Da hast du deutlich mehr erlebt als ich", sagte Kuno. „Ganz schön was los hier bei euch! Was ist mit den Schablowskis? Haben die noch mal Ärger gemacht?"

„Nein", sagte ich. „Die waren still. Wir sind ihnen nicht mehr begegnet seitdem."

Während er eine Angelrute zusammenbastelte, überlegte er eine Weile.

„Dieser Gustav ist ein Problem. Wenn er schon ein Mofa fährt, muss er mindestens vierzehn sein. Bis der aber mit der Schule fertig ist und andere Dinge macht, könnte es trotzdem noch etwas dauern. So lange könnt ihr nicht warten. Er braucht jetzt eine ordentliche Lektion."

„Denkst du, dass du es mit ihm aufnehmen kannst?", fragte ich.

„Ich weiß es nicht. Ich habe ihn ja noch nie gesehen. Es kommt auch auf die Situation an. Der Bademeister müsste eigentlich auch bestraft werden. Und der Bauarbeiter mit dem gelben Helm auch. Ich weiß nicht, ob wir an zwei Tagen so viele Gelegenheiten bekommen. Und dann ist da noch etwas, was ich dir sagen muss."

„Was denn?"

„Ich muss sehr aufpassen und mich gut benehmen. Sonst schicken mich meine Eltern in ein Internat."

„Was ist ein Internat?", fragte ich.

„Eine Schule, weit weg von zu Hause. Du schläfst da und darfst nur am Wochenende nach Hause."

„Und die anderen Schüler?"

„Die natürlich auch. Wenn du es positiv sehen willst, dann ist es so eine Art Schul-Club. Negativ betrachtet ist es ein Gefängnis."

„Warum schicken sie dich da hin?"

„Ich habe Mist gebaut." Er schaute mich ganz ernst an und zum ersten Mal war sein lustiges Gesicht mit der langen Nase gar nicht mehr so lustig.

„Ich erzähle es dir irgendwann. Aber jetzt lass' uns erst einmal die Angelruten montieren und dann gehen wir angeln."

„Okay!", sagte ich.

Da rief uns meine Mutter nach unten.

„Hört mal ihr beiden. Ich habe eine Bitte. Wir sind erst gestern aus dem Urlaub gekommen und ich konnte noch nicht alles einkaufen, und weil Kuno noch da ist, brauchen wir ein paar Sachen mehr. Wärt ihr so lieb und würdet für mich einkaufen gehen? Ich habe euch eine Liste gemacht. Ihr dürft euch auch ein schönes, großes Eis kaufen."

„Wir wollten aber angeln gehen", sagte ich.

„Können wir auch später", sagte Kuno und nahm meiner Mutter den Einkaufszettel aus der Hand.

„Natürlich gehen wir. Mal sehen, ob ich alles lesen kann."

Bei 'Zucker' stoppte er.

„Wie viel Zucker denn?"

„Zwei Packungen, wenn's geht. Wenn es euch zu schwer wird, reicht auch eine", sagte meine Mutter.

Dann gab sie uns Geld und zwei Einkaufstaschen und wir trotteten los.

„Tut mir leid, Kuno. Das konnte ich nicht ahnen", sagte ich zerknirscht.

„Macht doch nichts. Wir gehen später angeln. Oder morgen. In aller Ruhe. Jetzt schauen wir uns mal den Supermarkt an. Ich finde Supermärkte nämlich sehr interessant."

„Was ist an einem Supermarkt denn interessant?"

„Einfach alles. Du wirst schon sehen."

Ich hasste Supermärkte. Ich hasste sie, wenn ich meine Mutter begleiten musste und es ewig dauerte, weil sie sich alles ganz genau anschaute. Und noch mehr hasste ich den Supermarkt, wenn ich allein hingehen musste und nichts fand, was auf dem Zettel stand und vor allem, weil ich da drinnen so viel Zeit verlor, die ich sonst viel besser hätte nutzen können.

Aber dem Kuno schien es nichts auszumachen. Er kannte sich aus, obwohl er noch nie in unserem Supermarkt war. Und dann standen wir auch schon an der Fleischtheke und die Metzgerin sagte: „Der Nächste bitte!"

Da zeigte der Kuno auf wie in der Schule und kam dran.

„Was darf's denn sein, junger Mann?", fragte die Metzgerin freundlich.

Auf dem Einkaufszettel stand nur '300 Gramm Aufschnitt'. Aber der Kuno sagte etwas ganz anderes: „Ich habe morgen Geburtstag und möchte alle meine Freunde einladen und wir essen am liebsten Würste und Aufschnitt. Was können Sie uns da empfehlen?"

„Hm", sagte die Metzgerin. „Eigentlich alles. Wie wäre es mit Wiener Würstchen?"

„Können wir die mal probieren?"

„Ja, natürlich", sagte die Metzgerin und gab Kuno eine.

„Mein Freund muss auch probieren", sagte Kuno und da gab die Metzgerin mir auch ein Wiener Würstchen.

„Nicht schlecht", sagte Kuno. „Was denkst du, Willi?"

„Ja, nicht schlecht", sagte ich.

„Schmeckt Ihre Salami denn auch so gut?", fragte Kuno die Metzgerin.

„Was für eine Salami willst du denn? Ich habe ungarische Salami, Pfeffersalami, italienische, Mailänder Art ..."

„Ungarische klingt gut. Pfeffer sowieso", sagte Kuno. „Und Mailänder bitte."

Und da gab die Metzgerin dem Kuno und mir von den Salamis jeweils eine Scheibe zum Probieren.

„Ausgezeichnet", sagte der Kuno. „Aber wir werden auch Baguettes essen und mit Schinken belegen. Können wir auch mal Ihren gekochten Schinken probieren?"

Da gab uns die Metzgerin auch eine Scheibe gekochten Schinken und der Kuno kaute ziemlich lange und tat so, als sei er ein echter Testesser.

„So, habt ihr's endlich?", sagte der Opa, der hinter uns stand. Er war ganz ungehalten, weil wir so viel aßen.

„Ist ja gut", sagte Kuno. „Immer mit der Ruhe."

Und zur Metzgerin: „300 Gramm Aufschnitt bitte!"

Die Metzgerin schnitt uns Aufschnitt herunter, wickelte ihn ein und wog ihn.

„320. Darf's etwas mehr sein?"

„Passt so, danke", sagte Kuno.

„Sonst noch einen Wunsch?"

„Nein, danke. Für heute reicht es uns", sagte der Kuno und die Metzgerin schaute ganz verdutzt und der Kuno grinste sehr zufrieden, als wir gingen.

„Ich weiß gar nicht, was du gegen Supermärkte hast. Ich finde es toll hier."

Irgendwie hatte er Recht, dachte ich. Man konnte sogar aus einem Einkauf im Supermarkt etwas machen und sich auch voll satt essen. Man muss es nur richtig anstellen.

An der Gefriertruhe suchten wir uns jeder ein Eis aus. Dann zahlten wir und gingen. Jeder mit einer vollen Einkaufstasche in der Hand.

Als wir an einem großen Mietshaus um die Ecke bogen, fiel mir ein weißer VW Scirocco auf: „Da vorne steht ja der Scirocco vom Bademeister!"

Ich deutete auf einen weißen VW Scirocco, der am Straßenrand unter einem Baum stand.

Kuno hielt inne und stellte die volle Einkaufstasche ab. Ich dachte plötzlich daran, dass Kuno ja jetzt keinen Unfug mehr treiben durfte, weil er sonst auf's Internat muss. Und ich glaube, er dachte in diesem Moment dasselbe. Ich schaute ihn an und er schaute mich an.

„Lass uns auf der Türklingel schauen, ob er da in dem Haus wohnt", sagte Kuno. „Wie heißt der Typ?"

„Bohnenkessel", sagte ich.

Kuno schaute auf die Türklingel. „Tatsächlich. Dieter Bohnenkessel. Und das Nummernschild passt: DB-666!" Er schaute sich vorsichtig um und nahm ein Paket Zucker aus der Einkaufstasche.

„Es muss schnell gehen!", sagte er und dann klappte er den Tankdeckel vom Scirocco auf und als er auch noch den Tankverschluss abgedreht hatte, kippte er die Packung Zucker hinein. Dann verschraubte er den Tankverschluss, klappte den Tankdeckel zu und knüllte das Papier zusammen. Dann ging er ganz langsam und unauffällig weg und winkte mir.

„Zucker in den Tank? Was bringt das?", wollte ich wissen.

„Der Motor springt nicht mehr an. Vielleicht ist er sogar ganz kaputt. Das wird ihm zu denken geben."

„Oh ja", sagte ich. „Sein Auto bedeutet ihm alles. Der wird sich schön ärgern."

„Gut, dass wir zwei Pakete Zucker gekauft haben. Wenn deine Mutter fragt, warum wir nur eines haben, sagen wir, dass die Tasche sonst zu schwer gewesen wäre, okay?"

„Okay, gute Idee!"

Meine Mutter fragte gar nicht nach der zweiten Packung Zucker und kochte uns gleich Mittagessen.

Danach fing es an zu regnen und wir konnten wieder nicht angeln gehen, und weil es den ganzen Tag weiter regnete, blieben wir zu Hause und schauten Fernsehen. Da kam meine Mutter ins Wohnzimmer.

„Willi, du solltest heute noch mal zum Frisör gehen, bevor die Schule wieder anfängt. Ich habe eben da angerufen. Du kannst kommen. Hier hast du zehn Mark."

Das passte mir gar nicht, aber weil es eh regnete, fügte ich mich und nahm Kuno mit. Zum Glück war es nicht weit und ich kam gleich dran und der Frisör fragte: „Wie immer?"

„Ja, wie immer", antwortete ich und 'wie immer' bedeutete kurz, sehr kurz.

Da kam die Frau vom Frisör dazu und sagte zu Kuno: „Du kannst dich auch schon setzen." Und sie zeigte auf den Stuhl neben mir. Der Kuno hatte im Gegensatz zu mir richtig lange Haare und die Frisörin hat sich bestimmt schon gefreut, die ihm abzuschneiden.

„Wie hättest du sie denn gerne geschnitten?", fragte sie den Kuno.

Der betrachtete sich eine Zeit lang im Spiegel und dann sagte er: „Ach, eigentlich brauchen sie noch nicht geschnitten werden. Ich glaube, kämmen reicht für's Erste."

Da hörte der Frisör mit dem Schneiden bei mir auf und schaute ganz verdutzt, als hätte er sich verhört und ich musste lachen.

„Was kostet denn einmal kämmen?", fragte Kuno.

Die Frisörin musste überlegen. So etwas hatte sie vermutlich auch noch nie gehört.

„Zwei Mark", sagte die Frisörin und fing an, den Kuno zu kämmen.

Zuerst kämmte sie ihm einen Scheitel links. Dann sagte der Kuno, dass sie es rechts probieren soll. Und dann wollte er einen Mittelscheitel.

„Ja, das ist toll. Das sieht so richtig schön doof aus. So lassen wir es", rief er begeistert und schnitt eine Grimasse.

„Sehr ordentlich seht ihr aus", sagte meine Mutter. „Der Mittelscheitel steht dir hervorragend, Kuno. Da kann man mal sehen, was so ein neuer Haarschnitt gleich mit einem macht! Und weil ihr so brav wart, dürft ihr heute Abend etwas länger aufbleiben."

Batman und Robin und der Gelbhelm

Am Samstagvormittag fuhr ich mit Kuno in der Gegend herum, um einen Angelplatz zu suchen. Wir hatten die Angelruten noch nicht dabei. Kuno wollte sich zuerst nur einen geeigneten Platz aussuchen.

„Angeln ohne Angelschein ist eigentlich verboten. Deswegen dürfen wir uns nicht erwischen lassen", erklärte Kuno.

Wir fuhren zuerst an den Bach, wo wir die Fische gefangen hatten. Kuno befand aber, dass er zum Angeln ungeeignet war.

„Der ist dafür zu klein und das Wasser zu seicht", meinte er. Auch der Kanal schien ihm ungeeignet.

„Keine Deckung hier. Man sieht uns von überall."

So kamen wir schließlich nach einigen Kilometern in einen Wald, durch den ein größerer Bach floss, eigentlich schon ein kleiner Fluss. Unser Bach mündete hier rein. Der Bach war ein paar Meter breit und hatte ein paar tiefere Stellen. Er war sehr klar und man konnte bis auf den Boden sehen.

„Der ist ideal", sagte Kuno. „Hier probieren wir es. Das wird großartig!"

Gegen Mittag fuhren wir wieder nach Hause. Wir stellten die Räder in die Garage und gingen auf dem Weg zu uns an der Baustelle vorbei. Es war bereits ruhig dort. Die Bauarbeiter machten samstags immer schon mittags Feierabend und sie hatten aufgehört zu arbeiten. Da sahen wir, wie ein Bauarbeiter aus dem Bauwagen kam. Er hatte einen gelben Helm auf.

„Holtradi-Jodel!", sagte Kuno und deutete auf den Mann. „Dein Freund, der Gelbhelm!"

„Ja, der ist der Chef von den Bauarbeitern. Der geht als Letzter. Wahrscheinlich hat er noch alles überprüft und jetzt will er nach Hause."

„Vorher legt er aber noch ein Ei, glaube ich", grinste Kuno und zeigte in Richtung Toilettenhäuschen, auf das der Gelbhelm zuging.

„Was willst du machen?", fragte ich Kuno.

„Ich weiß noch nicht, lass uns mal hingehen."

Da fiel mir die Kette ein, mit der die Bauarbeiter das Toilettenhäuschen nach Feierabend immer zuketteten. Die müsste ja jetzt neben dem Häuschen liegen, mit Schloss sogar!

„Da liegt eine Kette am Häuschen", flüsterte ich zu Kuno. „Damit ketten die immer das Häuschen über Nacht zu."

„Fantastisch. Damit sperren wir jetzt den Gelbhelm im Scheißhaus ein!", sagte Kuno.

Wir schlichen uns ganz leise an und hoben die Kette hoch. Die Kette rasselte etwas laut und drinnen sagte der Gelbhelm: „Hallo? Ist da jemand?"

Aber wir antworteten nicht. Kuno nahm das eine Ende der Kette und ich das andere und dann ging er links und ich rechts um das Häuschen herum und vorne am Eingang zogen wir die Kette ganz stramm durch den Türgriff.

Da rief der Gelbhelm von innen: „Verdammt noch mal. Wer ist denn da?"

„Der Wind, der Wind, das himmlische Kind", antwortete Kuno mit verstellter Stimme.

Und ganz leise zu mir: „Wie im Märchen, hihihi."

Und während Kuno die Kette hielt, zog ich das Schloss durch die Ösen von der Kette und ließ es einrasten.

Geschafft! Die Kette ging einmal um das ganze Häuschen herum und saß bombenfest und nun konnte der Gelbhelm von innen die Tür nicht mehr aufmachen. Wir rannten schnell ein paar Meter weg und warteten. Der Gelbhelm versuchte, von innen die Tür aufzumachen, aber er schaffte es nicht. Sie ging nur einen Spalt auf, weil die Kette zu eng saß.

Da fing er an zu schimpfen und zu rütteln und das Toilettenhäuschen wackelte hin und her. Der Gelbhelm wurde immer wilder. Schließlich trommelte er mit den Fäusten gegen die Wand und schrie und fluchte. Aber es hörte ihn niemand. In den umliegenden Häusern waren die Nachbarn schon beim Mittagessen und niemand war auf der Straße.

„Komm'! Wir gehen", sagte Kuno und steckte den Schlüssel ein. „Der ist eine Weile beschäftigt. Wir befreien ihn nach dem Mittagessen. Aber nur, wenn er uns dafür vorher eine Belohnung verspricht, okay?"

„Okay, gute Idee", sagte ich.

Wir gingen auf die andere Straßenseite, wo unsere Bude gestanden hatte.

Nur noch der Keller war heile. Das Schloss der Einstiegsluke war aber weg, man konnte jetzt so in den Keller steigen. Kuno kletterte nach unten.

„Auch nicht schlecht. Eigentlich eine Art Bunker. Man könnte schon noch was draus machen", befand er.

„Mit dem Ofen könnte es im Winter sogar ganz gemütlich werden!"

Dann kletterte er wieder hoch.

„Was ist das für ein Fass? Stinkt ja widerlich!"

„Ach, das hatten wir ursprünglich zum Feuermachen gedacht, aber dann als Mülleimer und Toilette benutzt. Da ist lauter Abfall drin. Sieht fast so aus, als hätte da noch jemand Öl hineingekippt."

Das Fass war fast bis oben voll Wasser und Abfällen. Es musste ziemlich geregnet haben, als ich im Urlaub war. Und es schwamm eine ölige Pampe obendrauf, die ganz übel roch.

Zu Mittag gab es dann Spaghetti Bolognese und wir schlugen uns den Bauch so voll, dass wir erst einmal ein Nickerchen machen mussten, bevor wir angeln gehen und den Gelbhelm befreien konnten.

Batman und Robin fangen Gustav

So richtig konnte ich nicht schlafen, weil ich über den Bademeister nachdenken musste. Ich stellte mir vor, wie er jetzt mit seiner Freundin wegfahren wollte und der Scirocco nicht mehr ansprang.

Und der Gelbhelm saß in dem stinkenden Toilettenhäuschen fest und kam nicht mehr raus. Ob beide wohl einen Verdacht hatten? Schwer zu sagen.

Da schaute ich zufällig aus dem Fenster meines Zimmers hinüber auf die Wiese, wo unsere Bude gestanden hatte, und sah gerade noch, wie Fiete in der Einstiegsluke zum Keller verschwand! Weil auf dem Bürgersteig drei Mofas standen, mussten Gustav und Zanke schon im Keller gewesen sein.

„Kuno, Kuno! Komm' schnell!", rief ich und Kuno kam wie der Blitz die Treppe heruntergeschossen und rutschte beinahe mit seinen Socken auf den glatten Holzstufen aus.

„Was ist los?", fragte er außer Atem.

„Schau', die Mofas! Gustav und seine Leute sind in den Keller der Bude gestiegen. Ich habe den Fiete noch reingehen sehen. Die wollen bestimmt den Ofen klauen."

„Holtradi-Jodel! Hast du deinen Hammer noch? Und ein paar Nägel?"

„Ja, auf meinem Schreibtisch!"

„Hol' sie, schnell!"

Ich flitzte zurück in mein Zimmer und dann die Treppe runter in den Flur, wo Kuno sich schon die Schuhe anzog. Er war schneller.

„Gib her!", sagte er und nahm mir den Hammer und eine Packung Nägel aus der Hand, riss die Tür auf und stürmte nach draußen.

Als ich an der Bude ankam, kniete Kuno schon auf der geschlossenen Luke und schlug den ersten Nagel ein.

Von unten kam lautstarker Protest und Geschrei.

Gustav, Zanke und Fiete tobten und schlugen wie wild gegen die Decke. Sie stemmten sich mit aller Kraft gegen die Bretter, aber es nützte nichts. Kuno nagelte in aller Ruhe die Luke zu. Gustav und seine Freunde waren gefangen. Wie Mäuse in der Falle.

„Wenn wir hier rauskommen, machen wir euch fertig!", schrie Gustav und ich bekam echt Angst. Aber Kuno erklärte ganz lässig: „Das Problem ist nur: Ihr kommt hier nicht mehr raus!"

„Wer bist du überhaupt? Lass' uns sofort raus! Gehörst du etwa zu den Bonanza-Rockern?"

Zwischen den Brettern war an manchen Stellen ein Abstand. So ganz dicht war unsere Decke nämlich nicht. Man konnte unten die drei Gestalten gut erkennen. Sie mussten sich bücken und stießen mit den Köpfen an der Decke an. Da fing Kuno an, auf den Brettern herumzuhopsen und die drei Gefangenen unter ihm ärgerten sich, weil sie jetzt noch mehr den Kopf einziehen mussten und weil der Dreck von oben runterbröselte.

„Ich glaube, wir haben drei Fahrraddiebe gefangen. Das gibt eine hübsche Belohnung bei der Polizei. Kopfgeld nennt man das", jubelte Kuno und hüpfte weiter auf den Brettern herum.

„Wir haben nichts geklaut. Pass' bloß auf du!", rief Gustav von unten.

„Ihr habt ein Batty Super geklaut. Ihr habt es den Schablowskis weggenommen und dann kaputtgemacht", sagte ich und wunderte mich gleich, dass ich so mutig war, aber wenigstens war denen jetzt klar, dass wir Bescheid wussten.

„Geklaute Sachen wegnehmen ist nicht klauen", sagte Fiete.

„Das sehe ich anders", sagte Kuno. „Für jeden von euch Dummköpfen bekommen wir bestimmt 50 DM Kopfgeld! Und das Bonanza-Rad werdet ihr schön bezahlen!"

„Gar nichts werden wir. Wir kommen hier gleich raus und dann bist du dran", rief Gustav wieder von unten und drückte gegen die Bretter.

„Ich habe nicht ewig Geduld", sagte Kuno. „Ich zähle jetzt bis drei und wenn ihr dann nicht einsichtig seid, gibt es eine Ostfriesendusche", sagte Kuno.

„Willst du das wirklich machen?", flüsterte ich zu Kuno. „So wie mit den Kapitänen?"

„Nein. Ich kann grad nicht. Ich weiß was Besseres."

Er ging zu dem großen Fass.

„Hilf' mir mal!" Dann schoben wir das schwere Fass auf die Bretter. Es war fast voll und stank entsetzlich nach Gülle.

Dann zählte Kuno 1, 2, 3 und bei 3 kippte er das Fass um, sodass die ganze Brühe sich über die Bretter verteilte und durch jede noch so kleine Ritze lief und nach unten tropfte. Unten war das Geschrei jetzt riesengroß. Die drei Gefangenen tobten und fluchten und versuchten, irgendwie in Deckung zu gehen, aber es gelang nicht. Sie wurden klatschnass und waren über und über von der stinkenden, öligen Brühe bedeckt.

„Schön!", sagte Kuno. „Saubere Arbeit. Und jetzt rufen wir die Polizei an."

Wir gingen zu uns zurück ins Haus und ich erzählte meiner Mutter, dass wir die Diebe von Mickis Rad gefasst hatten. Da rief meine Mutter sofort die Polizei an und ich rief danach Micki, Futzi und Schnulle an und zehn Minuten später waren alle da.

Kuno zog mit einer Zange die Nägel wieder heraus und als Gustav, Fiete und Zanke völlig nass und stinkend herauskletterten, nahmen die beiden Polizisten, die gekommen waren, sie in Empfang und fragten nach ihren Ausweisen und Führerscheinen.

„Was für dreckige Halbstarke, Herr Wachtmeister! Ich denke die Schuldfrage erübrigt sich", sagte Kuno zu dem einen Polizisten.

Und dann fragten die Polizisten noch nach unseren Namen, und der Vater von Micki sagte, dass er das Rad ersetzt haben möchte, und er gab den Polizisten auch seine Adresse.

Dann mussten sich die Drei hinten auf den Sitz vom Polizeiauto setzen und der eine Polizist passte auf.

Der andere sagte zu Mickis Vater: „Die Drei sind keine Unbekannten. Besonders ihr Anführer. Das wird die jetzt teuer zu stehen kommen."

Und zu Kuno und mir: „Gute Arbeit, Jungs. Das war sehr mutig."

In diesem Moment fiel auf der anderen Straßenseite das Toilettenhäuschen um und brach auseinander.

Alle erschreckten sich und drehten sich um. Aus dem kaputten Toilettenhäuschen kletterte der Gelbhelm heraus. Er schrie und fluchte, und als er uns alle auf der anderen Straßenseite gesehen hat, kam er rüber gelaufen. „Gut, dass Sie hier sind!", sagte er zu dem Polizisten. „Jemand hat mich im Scheißhaus eingesperrt. Das waren doch bestimmt diese Rotzbuben hier, die auch die Bude gebaut haben!"

Da drängelte sich Kuno vor und sagte: „Erstens: Es heißt *WC* und nicht *Scheißhaus*. Und zweitens: Das waren die drei Halbstarken mit den Mofas da drüben. Die aus dem Zeitungsartikel. Und die werden jetzt von der Polizei abgeführt."

„Aha, jetzt verstehe ich", sagte der Gelbhelm. „Na, gut, dann bin ich ja froh. Die haben es nicht anders verdient. Dann ist die Sache für mich auch erledigt. Aber die restlichen Bretter bringt ihr Jungs bitte wieder zurück zur Baustelle, in Ordnung?"

„Ja, in Ordnung", sagten wir, und da verabschiedete sich der Gelbhelm.

„Die haben auch auf dem Friedhof einem Toten die Zehennägel angemalt!", sagte ich zu dem einen Polizisten, der bei uns stand. „Wir haben es gesehen. Stimmt's, Schnulle?"

„Ach, die waren das! Der Vorfall ist uns gemeldet worden. Na, da kommt aber einiges zusammen, glaube ich", sagte der Polizist, und ich glaube ... er hat sich sehr gefreut.

Der Vater von Micki hat dann den Kuno und mich zum Abendessen zu sich eingeladen und Futzi und Schnulle auch. Als Mickis Eltern kurz in der Küche waren, haben wir ihnen dann erzählt, dass auch der Bademeister und der Gelbhelm von uns bestraft worden sind.

„Oh Mann, ey! Aber echt wie Batman und Robin!", sagte Futzi.

Zwergengold

Jetzt war es Sonntag und der letzte Tag der Sommerferien und die Sonne schien. Es war sehr heiß draußen und die Straßen waren ganz staubig.

Kuno packte die Angelsachen ein. Er hatte alles vorbereitet.

„Lass uns eine Dose von deinem Fischfutter mitnehmen. Ich erkläre dir nachher, warum", sagte Kuno und steckte die gelbe Dose mit den getrockneten Tubifex-Würmern ein. Dann radelten wir los.

Am Waldrand stellten wir die Räder ab und marschierten Richtung Bach. An einer Stelle waren ein paar Bäume durch einen Sturm entwurzelt. Sie lagen flach auf dem Boden und ihre ausgerissenen Wurzeln standen senkrecht in die Höhe und da klebte ganz viel Erde dran, und dort, wo sie mal gestanden hatten, war jetzt ein Loch im Boden.

Kuno blieb stehen und drückte mir seine Angel in die Hand. Dann fing er an, in der Erde an den ausgerissenen Wurzeln zu graben.

„Wonach suchst du?", fragte ich ihn.

Er antwortete nicht gleich, sondern grub eifrig weiter. Und dann: „Holtradi-Jodel! Hier, siehst du?" Er zeigte mir einen kleinen, schwarzen Stein.

„Hab' ich es mir doch gedacht! Unter ausgerissenen Bäumen findet man manchmal mit etwas Glück Zwergengold."

Ich schaute den Stein an und er hatte tatsächlich ein paar goldene Flecken, winzig klein.

166

„Wir müssen hier mal in Ruhe nach Zwergengold schürfen", sagte Kuno. „Beim nächsten Mal. Denn heute wird geangelt."

Ich war begeistert. Am liebsten hätte ich gleich weiter gegraben. Zwergengold. Davon hatte ich ja noch nie gehört. Aber wenn Kuno das sagte, wird es schon stimmen. Da würde mein Vater nicht schlecht staunen, wenn wir hier zufällig eine Goldader entdeckt hätten.

Als wir an der Stelle ankamen, die wir uns tags zuvor ausgesucht hatten, erklärte mir Kuno die Lage.

„Also, pass' gut auf! Ich weiß nicht, was für Fische es hier gibt, deswegen kann ich dir nicht versprechen, dass wir welche fangen werden. Aber ich habe gestern gesehen, dass sie von der Oberfläche fressen und nach den Tieren schnappen, die auf dem Wasser treiben. Wir brauchen also auch etwas, was oben treibt. Ein Wurm geht unter, der nützt nichts. Verstehst du?"

„Ja", sagte ich. „Und deswegen hast du das Fischfutter mitgenommen!"

„Ganz genau!"

Ich öffnete die Dose, in der sich kleine Würfel mit getrockneten Tubifex-Würmern befanden. Die aßen meine Kampffische total gerne. Die waren federleicht und sie schwammen eine Zeit lang an der Oberfläche, bevor sie sich mit Wasser vollsaugten und auflösten.

Kuno befestigte an jedem Haken einen Würfel Tubifex. Etwa 50 cm über dem Haken hatte er an jeder Angel-

rute einen Schwimmer angebracht, eine kleine durch-
sichtige Plastikkugel, die auf dem Wasser wie eine Luft-
blase aussah.

„Achte auf die Glaskugel. Wenn die untergeht, musst
du anhauen. Aber nicht zu wild. Mit Gefühl!"
Wir probierten es eine Weile, aber es tat sich nichts, so
dass wir uns eine andere Stelle suchen mussten.

Etwas flussabwärts kamen wir an eine etwas tiefere Stelle und gleich beim ersten Auswerfen spritzte es leicht
und ein Fisch schnappte nach dem Tubifex-Würfel von
Kuno, und die Kugel ging nach unten. Kuno haute an
und da bog sich die Angelrute und ein Fisch war dran.
Kuno kurbelte ein bisschen und dann holte er ihn aus
dem Wasser.

„Ein schönes Rotauge", sagte er. „Sahen eure Fische
neulich auch so aus?"
„Ja, ich glaube schon. So genau weiß ich es nicht mehr."
Jetzt wollte ich auch unbedingt einen fangen. Und dann
schnappte auch einer nach meinem Würfel, aber ich war
zu voreilig und haute zu früh an und weg war er.
Ein paar Minuten später klappte es dann und ich fing
meinen ersten Fisch mit einer Angel.

„Den Tag musst du dir merken. Ein Junge muss wissen,
an welchem Tag er seinen ersten Fisch geangelt hat",
sagte Kuno.
Und dann fingen wir noch einige und irgendwann waren die Würfel aufgebraucht. Wir hatten die Fische alle
zurückgesetzt. Kuno meinte, dass Rotaugen-Fangen
zwar Spaß macht, aber Rotaugen-Essen wäre doof.

„Zu viele Gräten. Deswegen werfe ich sie lieber wieder rein und esse Fischstäbchen."

Ich eigentlich auch, dachte ich.

Wir lagen am Ufer im Gras und beobachteten das Wasser und die Libellen, wie sie sich auf den Seerosenblättern niederließen und sich dann, wie kleine Hubschrauber, in die Luft erhoben. Wenn man genau hinhörte, konnte man merken, dass es überall summte und raschelte und doch war alles so ruhig und friedlich hier. Eine Lerche schraubte sich zwitschernd in den blauen Himmel empor. Ich schaute ihr nach, bis sie im grellen Sonnenlicht verschwand, und da fiel mir ein, dass ich das Wichtigste fast vergessen hatte.

„Du, Kuno?"

„Ja, was?"

„Heute ist der letzte Ferientag."

„Ich weiß. Erinnere mich bloß nicht dran!"

„Bei mir ist es ein besonderer Tag, weil ich morgen auf's Gymnasium komme."

„Oh, stimmt. Glückwunsch! Auf welches?"

„Auf's Heinrich-Heine-Gymnasium."

„Holtradi-Jodel! Da bin ich ja auch!"

„Wirklich?"

„Ja! Das ist super. Na, dann kann ich dir morgen alles erklären."

„Toll!" Ich freute mich riesig. Das war ja ein Glück!

„Du brauchst jetzt eine neue Bande. Ab morgen gehörst du zu meiner Bande. Du wirst mein Assistent",
sagte Kuno und grinste.
„So wie Batman und Robin?", fragte ich.
„Ja, wie Batman und Robin."

Auf dem Heimweg fühlte ich mich irgendwie anders.
Ich schaute mich nicht mehr ständig um und hielt nicht
mehr nach den Schablowskis oder Gustav Ausschau.
Ich würde auch keinen Umweg mehr fahren, um denen
nicht zu begegnen. Stattdessen sah ich die Schmetter-
linge am Wegesrand und die Blumen und freute mich
darüber. Und zum ersten Mal freute ich mich auf meinen ersten Schultag.
Und falls mir die Schablowskis oder Gustav doch über
den Weg laufen sollten, dann sollten die sich von jetzt
an bloß in Acht nehmen!

Ein paar Tage später hat mir Mickis Vater zwei 20-DM-
Scheine gegeben. Einen für Kuno und einen für mich.
Als Belohnung dafür, dass wir die Diebe von Mickis
Rad gefangen hatten. Er hatte das Geld für das Rad
mittlerweile von den Schablowski-Eltern erstattet bekommen. Die hatten ihm zwar erzählt, dass ein seltsa-
mer Junge in ihr Haus eingedrungen war und ihre Söh-
ne mit einer Gurke geschlagen und mit Senf eingerie-
ben hatte, und sie wollten wissen, ob das etwas mit dem
Rad zu tun gehabt hatte.
Aber weil Mickis Vater davon nichts wusste, haben sie
das Geld aus Angst vor einer Anzeige freiwillig gezahlt.